在文学中成长

中国当代教育文学精选

主编：高长梅　王培静

青青时光有憾事

周衍辉　著

花山文艺出版社

图书在版编目(CIP)数据

青青时光有憾事 / 周衍辉著.—石家庄:花山文艺出版社,2013.12(2021.5 重印)

(读·品·悟:在文学中成长·中国当代教育文学精选 / 高长梅,王培静主编)

ISBN 978-7-5511-1521-6

Ⅰ.①青… Ⅱ.①周… Ⅲ.①散文集 – 中国 – 当代 Ⅳ.① I267

中国版本图书馆 CIP 数据核字(2013)第 258572 号

丛 书 名:在文学中成长·中国当代教育文学精选
主 编:高长梅 王培静
书 名:**青青时光有憾事**
作 者:周衍辉

策 划:张采鑫
责任编辑:于怀新
责任校对:齐 欣
特约编辑:李文生
全案设计:北京九洲鼎图书有限公司
出版发行:花山文艺出版社(邮政编码:050061)
    (河北省石家庄市友谊北大街 330 号)
销售热线:0311-88643221
传 真:0311-88643234
印 刷:永清县晔盛亚胶印有限公司
经 销:新华书店
开 本:710×1000 1/16
字 数:125 千字
印 张:10
版 次:2014 年 1 月第 1 版
    2021 年 5 月第 3 次印刷
书 号:ISBN 978-7-5511-1521-6
定 价:39.80 元

CONTENTS
目 录

第一辑　最美的母亲

第二辑 藏在心中的温暖

CONTENTS

目录

第三辑　吃青椒的猫

第四辑　岁月深处的灯光

CONTENTS

目 录

第五辑　草香悠悠

最美的母亲

第一辑

鸵鸟之痛

据说,鸵鸟在遇到危险时,会一头扎进沙堆里逃避。可是,谁能够知道,在这一可笑的举动背后,鸵鸟心中有着怎样的痛苦呢?

那年,刚小学毕业的我,在漫长的假期里,无事可做。更重要的一点是,当时家境贫寒,想到上中学的学费还没有着落,我在一个小伙伴的撺掇下,决定到镇上批发冰棒卖,一根可以赚 5 分钱。像很多乡村少年一样,我让母亲糊了一个纸箱,在里面放一床棉被,用它保温、隔热。

那是我平生第一次做生意,窘得不行。我戴着一顶大草帽,脸遮得严严实实的,生怕遇到熟人。骑车慢慢地穿行在大街小巷中,转悠了一个多小时,却一直喊不出声。偶尔碰到有买冰棒的,尤其是年轻女子,人家一开口说话,我就先红了脸,手颤抖着递过冰棒,机械地收钱,低着头,眼睛盯着地面,倒像是做了什么见不得人的事。有时候,连自己都在心里恨自己没出息,但没办法,从小就性格内向的我,跟生人一说话就脸红,还有轻度的口吃,平日到商店里买东西都犯愁,更不要说在大庭广众之下吆喝卖冰棒了。

结果,那天直到晌午,我也没卖出几根冰棒。天很热,汗水在脸上流淌,滴进眼睛里,又涩又痛。我用手擦一把汗,找到一处树荫下,支好车子,看着纸箱里已开始融化的冰棒,心急如焚。

这时，突然听到有人叫："喂，卖冰棒的。"抬头一看，不远处的一棵老柳树下，有几位年轻的女子在招呼我，她们的车子支在一边，脸红扑扑的，一齐摇动手中的太阳帽扇着风，显然是热坏了。我的心一阵激动，急忙推着车子过去，还没到跟前，一股脂粉的香味扑鼻而来，加上那几个女孩叽叽喳喳地说笑着，我的脸一下子就红了，眼也不知该往哪儿瞅，手忙脚乱地打开纸箱。刚拿出冰棒，一阵风吹来，一下子掀起了我头上的草帽，我慌忙伸出一只手去捂。就在这个瞬间，我看见一位身材修长的女子走了过来，白衣白裙，长发飘飘，她的手上拿着几瓶矿泉水，看来刚才是买水去了。我的心不禁一阵狂跳，下意识地将草帽拉低，遮住了大半个脸，胡乱将棉被盖好，推起车子就要走人。刚走没几步，那几个女孩就叫了起来，我才想起还没有收钱呢。

　　我站在那儿，一时进退不得，脸上像蒙了一块红布。因为，我看到了我的班主任胡老师，就是那位买水的女子。她刚参加工作，教了我们一年。她是位美丽而温柔的姑娘，脸上总带着浅浅的笑，眉毛弯弯，长发飘逸，明眸皓齿，像是画中人。同学们都很喜欢她，她对我也很好，经常鼓励我上课要大胆举手发言，多参加集体活动，尤其对我的作文赞不绝口，经常当范文讲评，让我深受鼓舞。现在被她看到我出来卖冰棒，我还真有点难为情。况且，我身上的那件白衬衣，后背上破了一个洞，皱皱巴巴的，领子上一圈黑黑的污垢。我脚上的凉鞋也沾满了泥巴，脏兮兮的……我真的有些无地自容，恨不能找条地缝钻进去，就仿佛一只慌不择路的鸵鸟。

　　我将头深深埋在胸前，接过钱数也没数，推起车子就想逃。没想到慌乱之下，自行车的前轮正好蹭到了胡老师身上，在她洁白的长裙上留下了一道污痕。我呆住了，不知所措地抬起头，正好撞上了她的目光。看到我，她也是一愣，随即嘴角上翘，冲我微微一笑。"老、老师。"我小声叫了她一声，脸上像着了火，双手握着车把，登时出了一身汗，"我、我……"我又开始口吃起来。

"不要紧，不要紧……"她笑着说，轻轻掸了掸裙子上的泥，"回去用湿毛巾擦擦就行了。"顿了一下，她接着说，"利用假期出来卖冰棒啊？挺好的，既可挣点学费，又能锻炼自己，真不错！"

我依旧低着头，身子微微摇晃着，说不出话。她可能也意识到了我的窘态，笑着说："老师上学的时候，也打过工，当服务员、做家教，还摆过地摊呢。"说到这儿，她突然走近我，右手在我的肩膀上轻轻拍了两下，一字一句地说："抬起头，挺起胸膛，要相信自己啊！"她的声音不大，就像平日在课堂上讲课一样。

我慢慢抬起头，挺直了腰杆，看着她，重重地点了点头，眼睛竟有些潮湿。告别了胡老师她们后，我推起车子，来到人来人往的大街上，不由地放开喉咙大声叫卖起米："冰棒，冰棒！"

每一个青涩的少年或许都曾经是一只敏感、羞涩的鸵鸟，在陌生而坚硬的现实生活面前，有过犹豫、彷徨，也曾茫然失措过。可是，生命中总会有那么一个人，在不经意间抚平我们心中的隐痛，用一句话，或者一个微笑，让我们不再做鸵鸟。

风衣少年

小学毕业时，镇里统一进行升学考试。那时，还分重点中学和联办中学，重点中学只收两个班，很难考。我的成绩虽还说得过去，但上重点并不保险。考试前一天放学时,老师专门做了考前动员,注意事项中的最后一条,是要求每人准备一件雨具,因为天气预报说明天有雨。

那时候家贫,根本没有像样的雨具,只有一件父亲常穿的旧帆布雨衣,皱皱巴巴的,已褪了色,又肥又大,穿在身上几乎着地。我一看就满脸不悦。父亲说:"将就着穿吧,说不定明天不下雨呢。"

第二天,满腹委屈的我带着雨衣去了学校,发现大部分同学带的都是雨伞,女同学清一色的小花伞,男同学大都带的是折叠伞,有几个带雨衣的,也是漂亮的塑料雨衣,又薄又轻。我悄悄地将雨衣折叠好,放进一个黑色的塑料袋里,在心里默默祈求老天不要下雨。

学校离镇上有3公里远,一大早,我们排着整齐的队伍,由老师带着上路了。天阴沉沉的,空气中弥漫着湿重的水汽,偶尔一阵风起,路两旁的杨树叶子哗啦啦响,让我心惊肉跳,总担心是下雨了。走到半路,不经意间一仰脸,一滴凉凉的东西落在脸上,我的心"咯噔"一下,我最担心的事还是发生了——下雨了。

很快,雨淅淅沥沥地飘起来了,虽然是毛毛细雨,但很快就打湿了衣服。几乎同一时间,所有的人不约而同地撑开伞,穿上了雨衣。我是最后一个拿出雨衣的,还没穿,脸先红了,心虚地前后左右看了看,好在大家都在忙着打伞,穿雨衣,没人注意我那件破旧不堪的雨衣。穿好后,我将雨衣领子往上拉了拉,系紧扣子,这样看起来能合身一些。我将手插在两侧的口袋里,低着头,尽量往人多的地方缩。对一名13岁的敏感少年来说,那件发白的旧雨衣让我丢尽了脸面,虽然并没有人说什么,也没人对我指手画脚,我却总觉得仿佛所有人的目光都集中在我身上,讥笑着评论着我的旧雨衣。

雨还在不紧不慢地下着,天地间雾蒙蒙一片,周围安静极了,只偶尔传来老师的催促声:"快点跟上,别掉队。"听老师一说,我不由加快了脚步。就在这时,我突然听到后面有个女生说:"喂,你们快看,周衍辉穿上雨衣像不像光夫。"我一愣,还没反应过来,就听几个女同学随声附和:"哎,真的呀,真的有点像。"

我偷偷回头瞧了一眼,说话的是班里最漂亮的女生李倩,平日里总是一副拒人于千里之外的表情,我真是没想到她居然会这么说。从她的语气来看,肯定不是调侃,而是真心实意地赞美。光夫是当时热播的日本电视连续剧《血疑》里的男主人公,饰演者是三浦友和。他俊朗的外表,曾征服了千千万万的电视观众。尤其是身穿风衣的光夫,让当时穿清一色手工缝制的蓝色衣裤的我们羡慕不已。

这应该是那个闭塞年代里,电视为我们打开的一扇窗吧,让我们看到了一种与众不同的生活,开启了一个少年爱美的天性。

所以,尽管后面的女生声音很轻,我又是无意中听到的,但那个瞬间我的脸红了,甚至有些不敢相信自己的耳朵:我真的有光夫那么帅吗?一件旧雨衣真的可以让我有脱胎换骨的变化吗?在同学们的心目中,我真的还有可取之处吗?……一路上,我回味着刚才的那番话,不觉挺直了腰杆,迈开大步往前走,胸中升腾着一股豪情。

谁都没有想到,那次考试我超水平发挥,居然以全镇第5名的成绩考入了重点中学,这在以前是不可想象的。所有的老师和同学都说不可思议。

但只有我自己知道,这一切变化都缘于那件曾让我难堪的旧雨衣。相比那些清一色的土得掉渣的学生装,即便是一件旧雨衣,它的颜色和样式也会给人一种耳目一新的感觉。

而一个人因形象变化所产生的自信,也能在瞬间改变一个人的心态,并产生一种持久而绵长的力量。

父亲的纸条

　　小学三年级时,我迷上了小人书。我还用滑石刻了一枚印章,在每本小人书的扉页上盖上自己红红的名字。每天放学后,都会有一群小伙伴簇拥在我身边,眼中满是羡慕的光芒。为此,我投入了极大的热情和精力,像经营一项事业一样,一本一本地攒着。

　　那时,家境并不宽裕。尽管父亲在一家乡镇小厂当厂长,但一月39块钱的工资也仅够维持家用。父母也从来没有想到给我零花钱。每每在商店里看见新下来的小人书,花花绿绿的封面,撩拨得我的心奇痒难耐,却也干着急没办法。

　　一天晚上,父亲喝了酒回来,早早上炕睡了。他的上衣挂在外间的墙上。我突然产生一种莫名的冲动,摸黑蹑手蹑脚蹭到外间,压抑住怦怦的心跳,颤抖的手伸向父亲鼓鼓的上衣口袋,慌乱中凭感觉抽出一张钱,真正是做贼一般回到房间,用被子把全身蒙起来,心跳得很厉害。那是一张5角的票子,我把它掖在炕席下,翻来覆去一宿都没睡好。

　　第二天一整天都是在忐忑不安中度过的,直到吃晚饭时,见父亲没有察觉的迹象,才放下心来。过了两天,我到书店把那本期盼已久的《真假美猴王》买了回来,心里甭提有多高兴了。

　　从那以后,我经常趁父亲不注意,从他的口袋里拿钱,有时1角,有时2角,尽量不让父亲察觉。看着自己喜爱的小人书一本本盖上了红红的印章,我天天都沉浸在一种巨大的幸福中,以至于有几次父亲眼中掠过了几丝异样的光芒,我都没在意,心里眼里全是小人书的影子。

一个星期天,父亲歇班,早饭后和母亲扛着锄头到地里去了。像往常一样,他的上衣挂在墙上。我在家中做作业,估摸着父亲走远了,又一次把手伸进了父亲的口袋。但这一次里面一分钱也没有,我只摸出了一张薄薄的纸条,当无意中看到上面的一行铅笔字时,我一下子惊呆了。纸条上写着:"如果要用钱,跟我说一声。"我的头"嗡"的一声大了,只觉得天旋地转,立时冒出一身虚汗。那个上午,我真的感到了什么叫度日如年,就像热锅上的蚂蚁,坐也不是,站也不是,有些怕、有些愧、有些悔、又有些担心——父亲会怎么看我呢?

父亲回来后,我躲在房间里,大气儿也不敢出,我觉得真是无颜见他了。吃饭时,我满面羞红坐在饭桌前,眼泪一直在眼眶里打转。但奇怪的是,父亲像什么都不知道一样,跟母亲说些地里的话题,还问我作业完成没有。饭后,刚回到房间,我的眼泪终于不争气地淌了出来。

从那以后,我再也没有拿过别人的东西,父亲也如从前一样爱我,并且开始隔一段日子给我零花钱了。父亲只字未提那张纸条的事情。二十多年过去了,那张纸条一直珍藏在我心灵一隅,沉甸甸的。每每在做一些违心的事,或者说一些违心的话时,它就会从记忆的深处浮现上来,让我扪心自问:这样做合适吗? 从而不断修正自己的人生追求和做人准则。

可以说,我真正学会做人是从父亲的那张纸条开始的。谢谢你,给了我生命和爱的平凡父亲!

最美的母亲

  在她儿时的记忆中，母亲是不快乐的，整天愁眉不展。一件略显肥大的碎花小褂裹在瘦弱的身体上，仿佛随时都会被风吹走。那时家境贫寒，父亲常年在外工作，加上母亲性子急，脾气又暴躁，在他们那个大家庭里，一直受排挤。繁重的体力劳动，琐碎的家庭纠纷，让母亲心力交瘁，心中的委屈无处发泄，他们姐弟俩便成了母亲的出气筒，打骂是家常便饭。

  那时候，她真是恨透了母亲，也伤透了心，总觉得戏里的后妈也不过如此吧！一颗小小的敏感的心，时时充满了困惑和怨怼，母亲在她心中的形象，也是丑陋不堪的。

  大约是 7 岁那年的一个夏日吧。母亲早饭后便上工去了，刚走出家门又转身回来了，看着她，脸上难得地露出一丝笑容，说："在家好好看着弟弟，别乱跑，中午回来我给你们擀面条吃。我都差点忘了，今天是你的生日呢。"说完，母亲急匆匆地走了。

  她的心瞬间跳了一下：生日？长这么大，她还是第一次知道自己的生日。况且，母亲又要做手擀面，那长长的，又滑又筋道的面条，热气四溢，想想都让人口舌生津。整个上午，她哪儿也没去，规规矩矩地坐在门前的大石头上，边逗弟弟玩，边巴巴地等着母亲，等着母亲的手擀面。在她眼中,那真是一个美好的夏日,阳光明亮,天空蔚蓝,蜻蜓在阳光下翩翩起舞,蚂蚁在地上匆匆行走,人人都在忙着自己的事情,岁月静好,无忧无虑,就像歌中唱的那样:"我们的生活充满阳光……"

终于,母亲带着一身阳光回来了,当然,还有一身的疲惫。一进门,她抓起水瓢,从缸里舀了半瓢水,咕咚咚喝下去,然后一屁股坐在一根小板凳上,大口大口地喘着粗气,被汗水湿透的头发紧贴在额上,脸上还有几道污垢。歇息了一会儿,母亲才慢慢起身,从水缸里舀了一瓢水倒进锅内,开始生火做饭,却是将早上的剩饭放进锅里蒸一下,并没有要擀面条的意思。

她和弟弟面面相觑,一时不知如何是好。眼巴巴地等了一上午,竟是这样的结果,这是她万万没有料到的。看着母亲在灶前忙碌,她心中的委屈一点一点升腾上来,那一瞬,她觉得应该做出点什么,至少要让母亲知道,答应了别人的事,就不能轻易反悔,况且今天还是自己的生日。

想到这里,她悄悄地把弟弟拉到院子里,小声嘀咕了几句。想了想,又将街门敞开,看看一切妥当,她才清了清嗓子,轻声喊了声"一二",两个人就扯开嗓子对着母亲喊:"吹牛,撒谎,放屁不响……"两人一边喊,一边慢慢向门口退去,同时紧张地观察着母亲的一举一动。

果然,母亲听到喊声从灶间探出头来,有些吃惊地看着他俩,却并没有她想象中的怒不可遏。相反,在瞬间的错愕后,母亲突然想起什么似的,"扑哧"一声笑了,说:"看把你们吓得,回来吧,妈这就给你们擀面条。"

那天中午,母亲不但擀了面条,还做了西红柿鸡蛋卤,香喷喷的。那是她有生以来吃到的最丰盛的一顿饭。而更让她难以忘怀的,是母亲的嫣然一笑,她以前从未想到过,母亲也有那样美丽的一面。

如今,早已告别了那段艰难的日子,她亦慢慢淡忘了母亲曾经的种种不是。尤其是随着年岁渐长,她也开始渐渐懂得了母亲粗暴背后的柔情。母亲其实也会笑得很好看的，只是生活的琐碎和磨砺，才让母亲一颗柔软的心变得粗糙和坚硬起来。母亲是永远爱着她的每一个孩子的，只是爱的方式不同而已。

就像此刻，年近七旬的母亲，正在厨房里吃力地擀着面条，为她过40岁生日。这是这些年来，尤其是她结婚以后过生日的保留节目：吃母亲做的手擀面。因为母亲一直记得，她小时候最爱吃她擀的面条。

可是，母亲却不知道，随着生活质量的提高，她其实早就吃腻了这种手擀面。但她却从来不说，每次总是吃得兴高采烈，吃得大汗淋漓。只要母亲高兴，她愿意这样一辈子吃下去。

她也愿意，这样远远地看着母亲擀面条时的身影，那是她心目中最美的母亲。

给羊上课的孩子

中师毕业后，我被分到了全市最偏远乡镇的一处教学点，全校总共6名教师，一到四年级，不到100名学生。学校在村外，3排低矮、破旧的平房，围墙外面长满了高大的杨树、榆树、槐树，显得学校更加不起眼。有一个小便门通向东边的操场，里面杂草丛生，几乎看不出本来面目了，经常有牛羊在那儿悠闲地吃草。从来到学校的第一天，我就想逃离这个鬼地方。简陋的环境，清苦的生活，让我苦不堪言。尤其到了晚上，一个人守着空荡荡的校园,寂寞如影随形,简直比坐牢还难捱。

学校负责人是个 50 多岁的女教师,身体不太好,经常请假,学校的管理相当松散。老师们的课也上得很随意,提前下课或拖堂是家常便饭,用老师们的话说,这叫"哪里晌天哪里卸牛"。这样一来,学校东墙边那棵大槐树上挂着的铃铛就有些形同虚设。铃是铜铃,已有些年头了,拴着一根绳子,打铃时"当,当,当……",清脆的铃声在校园上空飘荡,能随风传出很远。

那天,上课的铃声响过好长一会儿,我才慢吞吞地向教室走去,转过墙角,远远地看见教室门前围着一圈学生,乱哄哄的,上前一看,班里几个男生正在拉扯着一个八九岁的小男孩。他穿一身已辨不出颜色的旧运动服,裤腿吊在脚脖子上,赤着脚,脚上沾满泥巴。他的鼻子被打破了,正用手捂着,血从指缝间流出来。我忙上前制止了学生。还没等我问话,学生们就七嘴八舌地说开了:"老师,傻子小五在我们教室门口小便。""傻子小五?"我一愣。"就是他。"一个学生指着那个小孩说。

我看着那个吓呆了的孩子,他的脸上全是血,瞪着一双惊恐的大眼睛,看着我,涎水顺着嘴角流下来。我怕吓着他,就把学生轰进教室,然后,拉着他的小手到办公室,找了块粉笔堵住他的鼻孔,打了一盆水给他把脸洗干净。看看鼻子不流血了,我对他笑了笑,说:"快到午饭时间了,回家去吧。"他用呆滞的眼神看着我,也不说话,慢慢退着走了出去,向东跑去。

我回到教室继续上课。上了不长一会儿,学生们纷纷转头向外望,我抬头一看,又是刚才的那个小孩,脸紧贴在窗玻璃上。见被人发现了,他头一缩,不见了。一连几天,天天如此。好在他很安静,并不捣乱,我也就没当回事。那段日子,我的生活一团糟,深爱的女友也提出分手,我正陷入难以摆脱的痛苦中,哪还有心情管这种事儿。除了上课,我很少到教室去,时常一个人坐在办公桌前发呆。去教室上课不过在例行公事,虽说不至于误人子弟,却没有一点激情。

有一天,我正在无精打采地讲课,突然,"当,当,当当……",传来了断断续续的铃声。我感到很奇怪,刚上课怎么就打铃? 我看看表,时间还早着呢。然而,接下来的几天,经常在上课不久,铃声突兀地响起来,弄得教室里一片哗然,也让我心烦意乱。

后来有一天,当这神秘的铃声再次传来的时候,我放下课本,快步向东墙边走去,一瞅大槐树下并没有人。再一瞅,小侧门开着,我便信步走过去,探头向外一看,一下子愣在那里:墙外,是那个叫小五的孩子。他站在一堆碎砖头前,背对着我,手里挥着一根小木棍,指着一头正在撒欢的小羊羔,含混不清地说:"你、坐、坐好,上、上课了……"在他面前,有五六头羊,正在安静地吃着草……

我看着这令人意外的一幕,呆住了。已经是秋天了,天空高远、深邃,蓝蓝的天空上,飘着朵朵洁白的云朵,阳光洒落下来,给整个大地镀上了一层暖暖的金色。周围静静的,风儿轻轻,羊儿白白,草儿青青,世界是如此的美妙而温馨。我慢慢退了回去,站在大槐树下,听着从教室里传来一阵阵琅琅的读书声,心中涌动着一股神奇的力量。我抬头看看天,深吸了一口气,顿时觉得生活一下子有了意义。

一年后,由于教学成绩出色,我被调进了乡中心小学,并且认识了我美丽、善良的妻子。

很多年过去了。每次听到清脆的铃声响起,我就会想起那个叫小五的智障孩子,眼前浮现出他挥着小棍,给羊上课的场景。我觉得,他是一名真正的老师,给我上了深刻而难忘的一课。

___ 夜之间长大

有些人的长大,往往是在一夜之间完成的。

从小,我就是个敏感而胆小的人,可能是因为听祖父讲的鬼怪故事多了,怕黑,怕蛇,尤其是坟墓,总觉得那里面阴气森森的,每到夜晚,随着一缕青烟冒出,就会出现一个披头散发的女鬼,一步一步逼紧……所以,刮大风或者电闪雷鸣的晚上,我是不敢一个人睡的,一有风吹草动,就蒙上被子,大气不敢出。为此,祖父总笑话我说,你这孩子,胆子这么小,哪像个小子。

我小的时候,每个生产队都有饲养室,一长溜旧瓦房,一个大场院,浓荫蔽日的树木,一群牛,几匹马、骡子、毛驴,曾构成了我最温馨的记忆。那时,祖父当饲养员,我记得有一铺总烧得滚烫的火炕,有炒得喷香的黄豆、玉米粒,宽阔场院上的几个大草垛,被我们掏了很多洞,可以在里面玩捉迷藏。但是饲养室东面的那几间空屋子,我是从来不敢去的,听大人说那地方原来是一片坟地,而那些房子的门窗就是用挖出的棺材板子做的。最恐怖的是,东边那间的地面下陷,隐隐露出一个很深的坟洞,经常有胳膊粗细的蛇出入,听听就让人寒毛倒竖。因此,每到夜晚,我是绝不敢一个人到饲养室去的。对我的胆小,小伙伴们也经常嘲笑不已。

小学六年级时，因为看了电视连续剧《射雕英雄传》，我迷上了武侠小说，发展到后来，课堂上也偷偷摸摸地看，还被老师抓了现形，通报给了家长。父亲也曾和风细雨地批评过我，但我却毫无悔改之心，盖因那些书太吸引人了，常常一书在手，就欲罢不能，通宵达旦地看。一日，我记得借了同位一本《七剑下天山》，白天没看完，晚饭后接着看，连作业也没做。

这一次，我就没那么幸运了，向来和蔼的父亲真火了，他的脸涨得通红，一步闯进我的房间，扯过我手中的书，一用力"哧啦"撕成两半，狠狠地扔在地上。我愣了，呆呆地看着父亲的背影，泪水一下子涌了上来，突然，我一跺脚，冲出房间，打开大门，一头闯进了茫茫夜色中。我一边用衣袖擦着眼睛，一边不管不顾地往村北跑去。已是初冬，我没穿大衣服，寒风一吹，不禁打了个冷战。我缩着膀子，漫无目的地走着，一抬头，见到了一排影影绰绰的房子。这是生产队早年的饲养室，包产到户后，就弃置不用，大都坍塌了，只有东边的几间还有屋顶，但没有门。因为实在无处可去，天又冷，我想也没想就走了进去。屋里黑咕隆咚的，有一股陈年的霉味。我站了一会儿，眼睛慢慢适应了黑暗，隐约看到墙角有一个土台子，我到外面的一个草垛上抽了一抱麦秸草，铺在台子上，坐下，抱着膝盖，埋下头，想着那本被撕破的书，以及父亲的粗暴，委屈的眼泪止不住地流，打湿了衣袖。

不知过了多久，我的情绪慢慢平复下来，抬头看了看黑乎乎的屋子，风在外面尖啸，我开始有些后悔了：家人肯定在到处找我，尤其是一向疼爱自己的祖父，找不到我，说不定有多着急呢……想到这，我慢慢站了起来，出了屋子，一步一步往家的方向挪动脚步。刚到村口，一道雪亮的手电光射了过来，走到跟前，一看是父亲。看到我，他一声没吭，却脱下身上的棉大衣，扔给我。我跟在后头，低着头，亦步亦趋地到了家。一进门，一股热气扑面而来，全家人都在，看到我回来了，都站了起来。母亲的眼睛红红的,张了张嘴,却说不出话来。只有祖父坐在板凳上,大声说了一句:"天晚了,都睡吧。"

我爬上炕,很快睡着了。第二天早上,睁开眼,我看到墙角的三屉桌上,放着那本《七剑下天山》,已经用透明胶带粘好了。吃饭时,父亲虽然仍板着脸,却主动给我的碗添上饭,倒让我有些不好意思了。

第二天一大早,我将没看完的书还给了同位。那天,我一直在心里琢磨前一晚发生的事,尤其想到自己居然一个人,待在有坟洞的房子里那么长时间,却没感到害怕,真是不可思议。

下午放学后,我没有回家,而是鬼使神差般地往饲养室的方向走去。到了那间屋子前,我犹豫了一会儿,慢慢走了进去,我第一眼看到的,就是墙角那个黑乎乎的洞,奇怪的是,我真的不再害怕了。

明晃晃的阳光斜射进来,那堆草还在,我走过去,坐下,回忆着前一夜发生的那一幕,恍如隔世。

最初的诱惑

回想小时候,最早的记忆居然是有关 2 角钱的。

这让我一直很奇怪:为什么不是吃的和玩的呢? 按说它们对一个孩子的吸引力更大啊! 可我偏偏就是记住了那张 2 角的纸币。它不是很新,墨绿色,正面图案是一座大桥……

那时候,大约五六岁吧,我还从来没花过钱。那天的具体情况有些模糊了,好像是一个夏天,天很热,我和几个小伙伴在大军家的炕上玩。大军家劳力多,在村里算是比较富裕的,他家的炕上铺着一领崭新的苇席,墙上糊的报纸是新的,两面墙上都有年画,是《红色娘子军》和《红灯记》,也是新的。

当时,每家的炕洞下都有一个地瓜窖,用来储存地瓜。窖口开在屋里,用几块平整的木板钉一个盖子,打开盖子,下去走几级台阶就进了地窖。地窖里面冬暖夏凉,我们经常躲在里面捉迷藏。我就是在地窖口发现那张钱的,虽然光线有些暗,但我在低头系凉鞋带时,还是一眼就看见了它。它正面朝上,静静地躺在泥地上,上面那座横跨在江面上的大桥,比我们村北小河上的铁路桥可雄伟多了。

只记得我的心怦怦跳得厉害,脸也莫名地红了,急忙站起身,怕被别人发现这个秘密。但却在起身的一瞬,我将它踩在了脚下,见炕上的人在瞅我,就用脚一拨拉,那张钱就从窖盖的缝隙掉了下去……我的想法是:过一会儿,在玩捉迷藏游戏时,我趁机跳下地窖,捡起来揣进兜里,就可神不知鬼不觉地据为己有了。

然而,我的计划并没得逞。那天,我几次提出要玩捉迷藏,无人响应。相反,我们很快就被大军的父亲撵了出去,他下地回来累了,要在炕上躺一会儿。于是,我们到了大街上,弹玻璃球,打纸牌,玩得不亦乐乎。我却意兴阑珊,念念不忘那张墨绿色的 2 角钱,就仿佛有一只小手,在我的心里挠啊挠的,难受极了。

两天后,机会终于来了,我打开大军家的地窖盖,下到地窖里,掏出兜里的火柴,划燃,仔细寻找,连划了十几根火柴,就是没找到那张钱的影子。我心里的失落和懊悔可想而知。

很多年过去了,对那 2 角钱一直记忆犹新。有时想起来,我总是百思不得其解:不谙世事的一个小孩子,为何会有如此贪心,是本性使然,还是因为穷？……我怎么想也想不明白。但同时我也在心里暗暗庆幸，多亏当时没有找到那张钱，否则我有可能会变坏的。

哎，那最初的诱惑，真是刻骨铭心。

爱，从不卑微

20个世纪的80年代初，我上初中。学校位于公社驻地的东侧，南面是一条繁华的商业街。说是商业街，不过几家商店，一家招待所，一家理发店而已，萧索得很。但这对于乡村的孩子来说，却新奇的不得了。午饭后，总会有三五成群的学生去逛街，勾肩搭背的，嘻嘻哈哈很热闹。

当时，跟我一起玩的人，都是些富家子弟，包括几个公社大院里的孩子。我的父亲在一家社办企业当厂长，大小也算是个人物，所以我才能和他们玩得来。可以说，那时我也是个很爱慕虚荣的人。

但私下里，我还是有些心虚。毕竟父亲是个农民，不是吃"国家粮"的，我既无显赫的背景，家境也不富裕，所以每每有人提出星期天要到我家玩时，都被我婉言拒绝了。贫穷是一道隐秘的伤疤，轻易不能示人的，尤其对于一个敏感、脆弱的少年来说，更是如此。

那是一个夏日的午后，刚下过一场小雨，金黄色的阳光洒落下来，明晃晃的，一只只蜻蜓在阳光下翻迁起舞，舞姿轻盈。我们几个人沿着商业街漫无目的地走着，想到供销社那边去玩。这个建议是我提出的，因为要途经我父亲的那个厂子,我正好可以吹嘘一番。天很热,走了不一会儿,额头上就冒汗了,阳光又毒,烤得人有些喘不过气来。眼看就要到我父亲的工厂了,有个伙伴眼尖,喊了声:"快看,有卖甜瓜的,我们过去买几个吃吧。"几个人循声望去,远远地果然见树荫下有一个瓜摊,一辆独轮车上载着两个敞口的柳条筐,那瓜绿生生的,有拳头大小,布满黄绿相间的条纹,是我们当地的特产,以甜脆著称。

可是,就在我们嬉闹着快要到瓜摊跟前时,我却突然停住了脚步,脸一下子涨得通红。因为我看清了那个遮掩在一顶大草帽下的农妇,居然是我的母亲。而同样戴一顶大草帽,穿着一件背心的男人,是父亲。想必是母亲摘了地里的瓜,趁中午时间让父亲帮她来卖瓜的。母亲的脸晒得黝黑发亮,身上一件褪色的碎花小褂上沾满了污垢和泥巴,高挽着裤腿,脚上的那双塑料凉鞋断了带子……我的心怦怦直跳起来,一时窘迫不已。情急之下,我小声说了句:"我去方便一下。"就一溜烟儿向路边的沟里跑去。

在沟里,我一边在假装小便,一边从树缝间不经意地向外瞅了一眼,不承想却正和父亲的目光碰个正着,他已经摘下了草帽,拿在右手里扇着风,微笑着,看着我藏身的地方。由于离得太近,我甚至都能看清他额头上沁出的汗水,以及他眼中那道异样的亮光……我慌忙掉转头,蹲下身子,一时进退不得。

这时,我听到一个熟悉的声音响起:"快点过来,让你们同学吃瓜吧。"是父亲,他正笑眯眯地冲着我藏身的地方喊。

我讪讪地从沟里出来,一边装作系着腰带,一边对同学介绍:"我爸,我妈……自己的瓜,随便吃吧。"我低着头,脸上红一阵白一阵的,明显底气不足。

父亲从独轮车上拿起一条毛巾,将甜瓜擦干净,一个个递给同学,他们拿过来就啃,"咔嚓,咔嚓",吃得满嘴流汁。

"还愣着干啥？快吃啊！"父亲递给我一个瓜，冲我挤了挤眼，脸上浮现出一丝暖暖的笑意，"以后要记住啊，再碰到这种情况，要主动带同学来吃。"我慌乱地点了点头，想到刚才自己的举动，脸又红了。

那天回校的路上，饱餐了一顿的同学个个兴高采烈，满眼放光，对我也明显地亲热有加，一路上不停地说："哇，你爸长得真帅，像电影明星呢；你妈真温柔，笑起来好看极了；你家的瓜是怎么种出来的，甜死了……"他们几个七嘴八舌，一脸羡慕。

我只是傻笑着，一言不发。眼前却一直浮现着父亲那意味深长的笑容，一时汗颜不已。就在那一刻，我明白了：父母的爱，从不卑微，无论贫穷富贵，他们都是世界上最爱你的那个人，是独一无二的。

而更重要的一点是，宽厚、智慧的父亲在不动声色中，就将我从虚荣的泥潭中拯救了出来。这个过程极其短暂，没有说教，也没有训斥，只用一句话，一个微笑，却让我从此铭记一生。

童年是一支难忘的歌

童年如一首歌，唱着唱着就过去了，仿佛只是一眨眼的工夫，快得叫人无所适从。再回首，只能依稀触摸到几个残留的音符了。

那年，我8岁，因为是腊月生日，在同龄的伙伴中是最小的。暑假一开学，小伙伴们都到村里的学校上学去了，我因为年龄小，老师不要。我一下子落了单,常常一个人坐在门口的大石头上发呆,或者蹲在地上,看蚂蚁搬家,一看就是大半天。祖父说,原先聪明伶俐的孩子,怎么一下子变傻了。

父亲拍拍我的头,瞅了半天,扔下一句话:"先送育红班吧。"我们村刚刚成立了幼儿园,当时叫"育红班",不到 30 号人,大小不一,从三四岁到六七岁的都有。我是其中年龄最大的,个子又高,坐在教室的最后一排,孤零零的。

教室在大队部的一间空房子里,泥地,木窗棂上,糊着旧报纸,破了很多洞,在风中抖动着。里面没有桌子,孩子得自带板凳。也没有讲台,只在西边的墙壁上挂着一块发白的木黑板,中间裂了一道很长的缝。黑板上画了一些直线,线下写了一些字,一位胖乎乎的中年妇女站在黑板下,圆脸,齐耳短发,手里拿着一根小木棒,一下一下敲打在黑板上,她正在教我们唱歌:"学习雷锋好榜样——唱。"她的声音很大,她唱一句,下面的孩子就跟着唱一句,有的张嘴,有的不张嘴,有的声大,有的声小,还有个别孩子在板凳上不安分地扭来扭去,一片喧闹。女老师不时停下来,大声呵斥着后面不守纪律的孩子。

在教室的门口和窗下,挤了很多看热闹的人,大人孩子都有,一个个笑得合不拢嘴,还有几个孩子在一句一句跟着唱,那神态比里面的学生还认真,虽然流着鼻涕,但目光中的羡慕之色却是遮掩不住的。

我坐在小凳上,浑身不舒服,那凳子太矮,我的腿很快就酸麻起来。因为是第一天上学,我拘谨得很,总放不开,既不敢左顾右盼,也没有放开声跟着唱,只是张着嘴,小声哼哼,淹没在一片歌声的海洋里,觉得特无助,远没有在大街上玩自在。有一阵儿,我甚至走了神,想起以前自由自在的日子,上树,下河,偷瓜摸枣,多么快意,可如今却被拘束在这样一个乱糟糟的环境里,还被很多人围观,像耍猴似的。甚至,我还赶不上那些上了一年级的小伙伴,小学校虽破,但教室宽敞明亮,有水泥砌成的课桌,高高的槐木板凳,校园里有很多大树,最粗的那棵上吊着铜铃,一根绳子飘在半空,清脆的铃声在校园上空流淌,像一只只鸽子,一圈圈越飞越高⋯⋯

"立场坚定斗志强——唱⋯⋯"那位胖老师还在一句句教唱着,手中的木棍噼里啪啦在黑板上敲得山响。我机械地张着嘴巴,跟着唱,心却飞向了外面。我不喜欢这个叫"育红班"的地方,也不喜欢那位胖老师,她长得一点也不好看,脸黑,还有浅浅的麻坑。我开始羡慕那些上了小学的小伙伴了,那里面的女老师脸白白的,梳着长长的辫子,唱歌的时候用风琴伴奏,身子跟着一晃一晃的,好看极了⋯⋯我突然那么渴望成为一名小学生了。

就在这时,育红班的门口挤进一个人,用手敲了敲那扇破旧的黑漆大门,歌声戛然而止,所有人的目光都集中在那人身上。我一看,是祖父,他走到女老师跟前,小声说着什么。接着,他冲我一招手,说:"快,出来一趟。"一顿,又说,"搬上凳子。"

我站起来,顺手提起小板凳,满腹狐疑地跟在祖父身后,使劲挤出门口的人群。阳光下,我深深吸了一口气,看着祖父,不知他找我出来干啥。

"快点,到学堂去,老师刚才到家里来了,说你到上学年龄了,让你上学呢。"祖父总把学校说成"学堂",他的手上拿着一个花布书包,里侧用圆珠笔写了我的名字,是我的学名。

那一瞬间,我背上书包,不自觉地挺直了腰,觉得自己一下子成了小大人。育红班里的歌声仍在响着,但已跟我没有任何关系了。我马上就要成为一名小学生了,可以跟那些小伙伴在一起,跟会弹琴的好看的女老师学唱歌了,真是开心。

但也有一点遗憾:那首《学习雷锋好榜样》,我还没学会呢!

而懵懂的童年,就在那首支离破碎的歌声中,倏忽而去,永不会再来了。

___张没下发的试卷

初三那年，父亲经营的一家小厂破产了。原本殷实的家境一下子背上了几万元的债务。父亲经受不住打击，开始酗酒，喝醉了就与母亲吵架，有几次还动了手。弟弟、妹妹尚小，需人照顾。而母亲每次与父亲吵架后，都要病上几天，躺在炕上，不时地抹眼泪。那段日子，我身心俱疲，甚至对生活失去了信心。我的学习成绩开始直线下降。

这种变化表现最明显的是化学课，因为我一直不喜欢教化学的李老师。当时，他已 50 岁出头，是 20 世纪 50 年代的大学生，学问是有，但为人严厉、刻薄，让学生望而生畏。他上课的过程大致如下：进教室前，在门口把吸了一大半的旱烟猛吸几口，然后在一片烟雾缭绕中大步迈上讲台。眼光从左到右扫视一遍，打开手中的讲义夹，寻寻觅觅念出一串名字，接着右手向上一挥："站起来！"随后，便是他的一句经典口头禅："太阳似落不落，懒汉子出窝乱逛……"原来，这些都是测验不及格的，接卜去便是一阵冷嘲热讽，全然不顾及学生的颜面。当时班里有一位长得很漂亮的女同学，几乎每次考试后都会被罚站，天长日久，便得了一个绰号——懒汉子。因此，那些学习成绩不好的同学对化学老师是又怕又恨。

我最担心的事情终于发生了。一次化学单元测试，我考得一塌糊涂，这种情况在以前是不可想象的。第二天上午的第四节就是化学课,我的心一直悬在半空,不知面临的将是怎样的一幕。远远地看见化学老师来了,我的心跳骤然加快。像往常一样,他在门口吸烟,然后带着烟雾进门,在讲台上站定,威严的目光一扫,但没有像往常那样打开讲义夹,而是招手叫课代表发试卷。一时,教室里静悄悄的。我趴在桌上,听着课代表的脚步声忽远忽近,心就跟着忽上忽下。突然,课代表喊道:"老师,没周衍辉的卷子。"我一愣,抬起头,全班同学的目光"刷"地转向我。

化学老师煞有介事地翻了翻他的讲义夹,慢条斯理地说:"可能掉办公室里了,放学后到办公室去拿,先看同位的吧。"接着,语气一转,高声喝道:"不及格的全部站起来……"我揪紧的心慢慢放松下来,心想:难道是侥幸过关了?不可能的,考后我对过答案,无论如何也不会及格的……

那节课,我不知是怎么过去的,脑子里反反复复全是有关那张试卷的事。我不知道下课后会怎样,或许真会有奇迹发生,我及格了;或许化学老师想单独收拾自己一顿,也未可知。我暗自苦笑:真没想到,自己也沦落为"懒汉子"之流了。

放学了,我跟在化学老师后面,慢吞吞地进了办公室,脸莫名地热起来。化学老师在办公桌前坐好,依旧一副威严的模样,盯着我,指了指对面的一把椅子,示意我坐下。"怎么回事,说说吧。"一边说,一边从抽屉里抽出一张卷子,递到我面前。我只瞅了一眼,头就"嗡"的一声大了。试卷上用红笔打了一个大大的"48"分……我一句话也说不出来,低着头,泪水一颗一颗往下滴,眼前很快模糊一片。

好像过了很长一段时间,一条毛巾递到我的手中。我抬起头,见化学老师一反常态地用一种和蔼的目光看着我,说:"你家的事我听说了。但不管怎样,你让我很失望,也很难过,就是打死我也不信,你会考出这样的成绩……"

这真的是化学老师吗？我吃惊地睁大了眼睛，一股暖流瞬间涌遍全身。我的泪水再次汹涌而出。

在我整个学生时代，这是唯一的一次考试不及格。很多年过去了，那张试卷就像烙铁一样，在我的心里留下了深深的印记。

至今我也认为化学老师是不完美的，在他身上有很多性格上的缺陷。但当年在我的生活陷入困境的时候，他用一种特殊而温情的方式拯救了我。不单单是关怀和鼓励，而是在我的生命中注入了一种信念和勇气。

感谢化学老师，感谢当年那张没有下发的试卷，对我来说，那是一笔弥足珍贵的人生财富。

虫 儿 飞

一日，正在家中午休，朦胧中，耳边隐约传来一首很好听的歌："虫儿飞，虫儿飞，你在思念谁？"只听清了这么一句，那优美的旋律却让我一时愣住了，凝神谛听，不觉心醉神迷。心里不由在想：是什么虫儿在飞？思念的又是什么？……恍惚中，一些童年旧事纷至沓来。

夏日的中午，火辣辣的阳光照射下来，街道两旁的树，耷拉着叶子，仿佛睡着了。醒着的是蝉，声嘶力竭地叫着，比赛一般，此起彼伏，蝉声连成了一片，却益发衬托出乡村夏日正午的静谧。

老屋的院墙是土坯垒成的，上面砌二三行苔痕斑驳的青砖，总是湿漉漉的。墙外有一棵枝叶繁茂的家槐，还有一排茶杯口粗细的榆树，直直地刺向天空，树皮光滑、新鲜。覆着青瓦的门楼下是一座不长的过道，在家槐的遮阴下，一片清凉，是午睡的绝佳场所。爷爷在地上铺了草帘子，睡得正酣，胸脯一起一伏，打着呼，像拉风箱。大街上一个人影也没有，金黄色的阳光像一团团燃烧的火，铺天盖地地倾泻下来，地面晒得发烫，连尘土也懒得起。

我躺在爷爷身边，翻来覆去睡不着，索性坐起来，抬头，寻觅躲在树叶下的鸣蝉。咦，这儿有一只，再往上瞅，还有一只，"一、二、三"，正默默数着，却见其中一只叫着叫着，突然挺起尾部，撒出一股尿液，倏地飞走了……爷爷不知何时被我弄醒了，他翻了一个身，口里嘟囔着："你这孩子，还不睡？……"我屏声敛气，安顿了没一会儿，目光又被门外的那棵榆树吸引了，在这树的枝杈处，有一团黑黑的东西，仔细一瞅，是虫子，我们土话叫"纺纺车儿"的，它们把头扎进树皮里，正在吸食甘美的树汁。

一时心痒难耐，听爷爷又开始打呼了，我便悄悄起身，赤着脚，来到树下，往掌心里吐了口唾沫，手往树身上一搭，"噌噌"爬了上去，伸手抓了一把，只觉得手心里一条条硬硬的爪子在乱挠，却不舍得松开。从树下急急滑下，怕它们跑了，就蹑手蹑脚到正屋里，翻出母亲的针线笸箩，扯几根白线，拴在虫子的腿上，一放手，那些黑黑的虫子便从硬硬的背壳下伸出翅膀，"嗡嗡"地飞起来了，却飞不远，只能在头顶绕圈，可不就像正在转动的纺车？看来，"纺纺车儿"这名儿还真不是胡起的。

我重新躺回到草帘子上，手指上缠着拴虫子的线，看虫儿"嗡嗡"乱飞，却又一次弄醒了爷爷。爷爷睁开眼，生气了，吼了我一句："怎么还不睡？"话音未落，他却翻身坐起，盯着门外的那棵榆树，但见密密的绿叶间，一只漂亮的天牛，黑色花纹，举着长长的触角，正在斜伸出的一根枝条上自得地逡巡……爷爷腾地站起，连鞋子也没穿，蹿到树下，踏着墙边一堆碎砖头，一探手，那只天牛便到了他的手中，爪子乱蹬，却是插翅难飞了。天牛有一对坚硬的大牙，咬人很疼，爷爷掰去它的牙，再找一根线缚住它的腿，递给我，说："到一边玩去吧。"

天牛也会飞，但不能转圈，试着飞了几次后，发现逃脱不了，就落在地上，慢慢踱着步子，一副心灰意冷、意兴阑珊的模样，此后就很少再尝试去飞了。

于是，我左手擎着几只在头顶盘旋的"纺纺车儿"，右手牵着一只天牛，到街南的一棵古柳下玩去了……

"虫儿飞，虫儿飞……"歌声仍在耳边萦绕，但身边却不见一只虫儿，连只苍蝇也没有。试想，置身钢筋水泥的丛林中，楼下不大的绿地里，是清一色营养不良、无精打采的花木，连听听蝉鸣都是一种奢望了，遑论会转圈的"纺纺车儿"，有一对长长触角的漂亮天牛们了。

歌声中，我慢慢坐起，望着窗外单调的天空，想起了那个遥远的夏日中午，有些发呆。我知道，我所思念的，是永不会再来的童年啊！

珠算梦魇

小学三年级时，开始学珠算。我们身上除了背书包外，还要背一个算盘，用结实的线或布条拴好，斜挎在身上，跑起来算盘珠"哗啦哗啦"乱响，也别有一番趣味。当时，我的父亲是一名民办教师，教小学高年级，而我长得还算乖巧,学习也好,老师便让我当了班长。当班长自然是有很多好处的,是老师眼里的红人,这让我的自信心膨胀,觉得自己处处高人一等。

我们的数学老师姓于,是一名高高大大的女教师,以严厉闻名全校,经常体罚学生,用拳头擂脊梁,用手揪耳朵,用教鞭敲手心什么的,且六亲不认,愈是熟人的孩子要求愈是严格。在第一次上课时,我就因为与同桌说话被她用粉笔头掷个正着,弄得我面红耳赤,从此对数学老师心存畏惧。

到学珠算的时候,不知什么原因,我总是不开窍,即便是最简单的加法,我也总是手忙脚乱,不得要领。一次课堂测验,十道珠算题我竟然错了八道。数学老师大发雷霆,让我到讲台前站着听讲,并数落了我一通,连嘲带讽,让我羞愧难当,恨不能找条地缝钻进去。

长那么大,还从来没有一个人如此挖苦过我,又当着全班同学的面,让我的自尊心受到了极大伤害。放学回家后,我也不敢对父亲说,只是拿出算盘一遍遍练习,内容是老师布置的,从一加到一百,反复练,算盘珠噼哩啦响了半夜。那几日,我几乎是天天加练,连晚上做梦都是在练习打算盘,梦中,越是着急越是出错,气得数学老师高高举起教鞭,狠狠地抽过来,一边怒喝:"你这是鸡爪子吗,怎么这么笨!"一激灵,醒来,不禁出了一身冷汗。

但奇怪的是,无论我怎样用功,一到数学老师面前,本来练得好好的算盘就不听使唤,错误百出。数学老师火了,一天下午放学后,将我们七八个人留了下来,我一看,全是班里的倒数几名,平时被老师骂作"鸡脑子"的人。而我作为一班之长,每次都考班里前几名的,现在居然也跟他们为伍,被留在偌大的教室里,一遍遍地拨弄着算盘珠……我深深低着头,唯恐让别人看到,我的心里发虚,面上发热,那种滋味可想而知。

但慑于数学老师的威严,谁也不敢怠慢,都在认真地练习着,只听见耳边一阵阵"噼里啪啦"的声音,此起彼伏。谁觉得练得差不多了,就到讲台上,当着老师的面打算盘。数学老师会让你从一加到多少多少,你就得赶紧打,既要保证质量,又要保证速度。打完了,你报一个数字,如果正确,老师就会挥挥手,赶紧欢天喜地地走人。但如果是错误的,老师就会怒喝一声:"下去好好练,练不会别回家吃饭。"

眼看着天快黑了,我还是没勇气上去,总怕过不了关,真是心急如焚。

就在这时,有人急急地走进教室,对数学老师说了些什么,数学老师犹豫了一下,匆匆出去了。不一会儿,进来了一位年轻的女老师,我认得她是教五年级的。她说:"于老师家里有点急事,让我替她一会儿。"说完,她走到下面,看到我,愣了一下,笑了,"你爸爸是周老师吧?你俩长的还真像。怎么,珠算学的有点吃力吗?"我的脸涨得通红,一时不知该怎样回答。

她坐在我旁边的凳子上,摸着我的头,说:"只要细心一点,肯定没问题的,你又这么聪明,这小小的算盘珠是难不住你的。"说完,她顺口说了几道算式,让我做。我静下心来,一边默念着口诀,一边拨动盘珠,还别说,几道题居然都对了。

"怎么样,我说得没错吧?"女老师笑了,看着我的眼睛,"行了,你过关了。回家把口诀多背几遍,做题时再细心些,慢一点,肯定没问题的。"她的声音柔柔的,很好听。我重重地点了点头。

当晚,我回家将珠算口诀背得滚瓜烂熟。晚上做梦又梦到在打算盘,梦中的我右手五指上下翻飞,算盘珠"噼里啪啦"地响着,竟有一种说不出的韵律和美感。

第二天,又到了珠算课,我瞅着黑板旁挂着的那架教具大算盘,那些珠算口诀就自动从脑海中跳了出来。同样是于老师的课,我却听得津津有味,觉得珠算其实也没什么了不起。课堂上做题,我竟然也全都做对了,不由得欣喜异常。

从此,我不再害怕珠算了,学起来也得心应手。仔细想想,这一切就像做了一个梦似的,而醒来后,一切都是那么美好。

天使的眼睛

周末乘公交车回家,人很多,车上有点挤。到实验三小站,一下子上来七八名小学生,叽叽喳喳,乱作一团。卖票的是位大嗓门妇女,一边吆喝着"慢点慢点",一边收钱。其中一位约莫六七岁的小姑娘,矮矮瘦瘦的,背着一个大书包,一副弱不禁风的样子。车一开,她站立不稳,一下子倒在我身上。我一把抓住她,然后站起来,把她按在座位上。她不说话,只是冲我微笑,两道弯弯的柳叶眉,一双会笑的亮亮的大眼睛,泉水一般清澈。

售票员显然是个新手,上车的人一多,就有些手忙脚乱的。到小姑娘面前时,只见她站起来,小手在裤兜里摸了一遍,没有找到钱,又翻上衣口袋,还是没有……售票员有些不耐烦了,嚷道:"有没有钱?没钱就下去!"

小姑娘的脸红红的,一声不吭,显然是被吓着了,手足无措。她抬头看着我,那双清澈的大眼睛里,已经有泪光闪动。售票员对司机喊道:"停车,停车,让她下去。"

小姑娘的眼泪开始无声地往下滴落,一边又下意识地在口袋里乱翻。

我有些不忍心,对一脸凶相的售票员说:"你何必难为一个小孩子,不就一元钱吗？"我掏出钱,递了过去。一时,车上所有人的目光一齐投向了售票员。

售票员有些不自然起来,没有接钱,却放轻了声音,说:"就这一次,下次再没钱,就撵你下去。"一边又有些自我解嘲地小声对司机说,"就是这个小姑娘,都好几次了,不是看她小,我可不客气。"

小姑娘缩在座位上,低头不语,眼中涌满了泪水。

我站在她面前,这一切尽收眼底。凭直觉,我相信小姑娘是被冤枉的。因为从她的眼睛中,我看到了一种那么清澈、纯真的东西,闪着水晶般的光芒。

车子缓缓地行驶着,到安居小区站,小姑娘也该下车了。就在这时,她突然像想起什么似的,一下子从座位上站了起来,眼中闪烁着亮光,解下背上的书包,拉开侧面的一个小夹层,小手迅速伸了进去……

绿灯亮了,公交车缓缓开动了。与此同时,小姑娘的手中多了一枚锃亮的硬币,那双亮亮的大眼睛里闪烁着喜悦的光芒。她高举着硬币,一迭声地喊:"阿姨,我找到了,我找到了……"

售票员愣了,接过钱,脸微微有些发红,看着小姑娘,尴尬地笑着拍了拍她的头。

车进站,小姑娘要下车了。售票员在门口扶着她,小心地送了下去。小姑娘站稳后,回过头,甜甜地笑了,眼中映照着夕阳的光彩,那么柔和、温暖、纯净……

那是一双天使才有的眼睛。

藏在心中的温暖

第二辑

温暖的细节

初二时，我们换了班主任，是个女教师，姓李，长得白白净净的，齐耳短发，很秀气。李老师刚从师范毕业，比我们大不了几岁，待人很和气。她在学校时是学生会干部，能歌善舞，组织活动很有一手，因此，接手我们班不到半个月，就让一个全校闻名的差班脱胎换骨。这让全班同学佩服得五体投地，每个人都卯足了劲，不但学习上你争我赶，在班级活动中更是积极参与，出谋划策，班级的量化考评成绩节节上升。

因为没有专门的活动经费，而组织的活动又多，就需要同学捐款作为班费。这在当时也是惯例。那次因为要组织元旦联欢会，我们几个班干部一合计，决定再收点班费。征得李老师同意后，我在班上一说，同学们都很踊跃，午饭后纷纷将钱给了我，大都捐了一两元，最多的有捐10元的，在当时那可算一笔大钱。我一一在本子上记好，将来还要张榜公布。但收到马珍珍面前时，我犹豫了一下。

这个马珍珍，是班里的另类，平日里连句话都没有，身上的衣服小了一圈，皱皱巴巴的，很脏。头发一绺一绺的，散发着一股怪味。她的母亲有精神病，父亲腿有残疾，还有一个弟弟，家境相当困难。在班里她没有一个朋友，下了课也不出去活动，除了去趟厕所，就是趴在桌子上用功。自然，班里的所有活动她从不参加，班费更是从来不拿。不过出于礼貌，我还是问了句:"马珍珍,你捐不捐钱?"

"我……"她的脸一下子红了,有些手足无措地站起来,身子摇晃着,手伸进上衣的口袋里,掏出了一沓分币,5分的,2分的,还有1分的,油腻腻的,"我、我交2角行吗?"她低着头,小声说。

我一愣,却并没伸手去接她的钱,因为我压根就没想到她真的会捐钱。再说,这样的分币,我可从来没收过,就是出去花也没人要。但是人家既然有心要捐,也不好拒绝,我略一迟疑,接过钱。那一瞬间,我发现马珍珍的脸更红了。

下午第三节是自习课,按以往的做法,我将全班同学的捐款明细写在一张纸上,然后到办公室找到李老师,让她看一下,准备在班上公布。到了办公室,我向李老师做了汇报,特别将马珍珍的情况做了说明。李老师拿着那张纸看了看,然后抬起头,说:"我看这样吧,你再写一张,只写名单,将捐款数额一栏去掉。"

"为什么啊?这样捐款多的同学会有意见吧?"我看着李老师,"以前都是这样公布的啊!"

"应该不会,我觉得,马珍珍更需要这样的一份名单,其他同学肯定会理解的,你说呢?"李老师看着我,眼中有一种柔软的光芒……

很多年过去了,我一直记得当年那张贴在教室显眼处的捐款名单,以及看到名单后马珍珍眼中隐约的泪光。

那是李老师给我上的极其生动的一课,尤其在我也成了一名老师以后。是她让我懂得:细节往往决定着教育的成败。一名合格的教师,更应关注学生的心灵,一个鼓励的眼神,一句抚慰的话语,甚至轻轻的一个抚摸,在学生心湖中荡起的涟漪,往往会追随他们一生……

蓑衣往事

"爷爷,你说蓑衣是用什么制成的呢?"我那刚上小学二年级的女儿,歪着头,问我的父亲。当时,她刚刚为我们背诵了一首词:"……青箬笠,绿蓑衣,斜风细雨不须归。"窗外,正飘着蒙蒙细雨,如烟似雾。

"用蓑羽草啊!"父亲微笑着说,"爷爷小时候,你老爷爷、老奶奶就为我打过一件蓑羽,我穿了好几年呢!"父亲把"蓑衣"叫成"蓑羽",我还是第一次听说,觉得很有诗意,也很形象。接着,父亲娓娓讲述了一件跟蓑衣有关的往事。

那是 20 世纪的 60 年代初,为了一家人的生计,祖父只身一人闯关东去了。当时,我的大姑和二姑已出嫁,家中只有祖母和父亲两人相依为命。父亲那年 10 岁,上小学三年级。夏天雨水多,有时能连着下好几天,而父亲只有一套打着补丁的旧单衣,又没有雨具,只能湿漉漉地穿着去上学。祖母看在眼里,疼在心上。

有一天,她对父亲说,放学后你到村西的水沟里割些蓑羽草吧,我给你打一件蓑羽,免得这样整天挨淋。蓑羽草是一种水草,生在沟渠、池塘边的浅水里,叶细长,中空,革质,晒干后又轻又韧,还有一股淡淡的清香。那时候,祖母已得了重病,连走路的力气都没有了。父亲割回的蓑羽草晒干后,祖母让父亲抱到炕头上,她趴在炕上,用细麻绳编织。由于身体虚弱,往往干不了一会儿,祖母就得歇上大半天。蓑衣编到一半的时候,祖母再也坚持不下去了,她虚弱到连手都抬不起来了。幸亏这时,祖父接到一位老乡的口信,辞去在一个火车站上找到的差事,火速赶了回来。几天后,我的祖母就去世了。

料理完祖母的后事,看着空荡荡的屋子,还有缩在一角衣衫褴褛、泪水汪汪的父亲,一向坚强、乐观的祖父落泪了。他红着眼睛走到父亲身边,将他紧紧地搂在怀里,轻轻擦去他眼角的泪花,说:"孩子,不要哭,还有爹呢!"说完,他默默地走到厢房里,将那件没有编织完的蓑衣拿了出来,将那些干透了的细麻绳用水浸湿,然后,轻轻抚摸着那半件蓑衣,双手不禁颤抖起来。祖父手劲大,又精于编织,编出的蓑衣细密、紧凑、结实,与祖母编的那一半形成了鲜明的对比。祖父只用了小半天的工夫,就将蓑衣编好了,他让父亲当场试穿了一下,大小正合适,漂亮极了……

从那以后,再大的风雨父亲也不怕了,因为有了那件蓑衣。虽然人人都能一眼看出它不是出自一人之手,一半精致一半粗糙,但对父亲来说,那却是他一生温暖和力量的源泉……

父亲讲完后,颇为遗憾地说:"可惜,已有很多年没有见过蓑羽了,原先村外成片成片的蓑羽草也已经绝迹了。"

女儿瞪着一双亮晶晶的大眼睛,一直在认真地听父亲说话。这时,她又问了一句:"爷爷,你为什么把蓑衣叫作'蓑羽'呢?是不是说,它穿在身上,就像小鸟身上的羽毛一样?"

"是啊,"父亲摸着女儿的头,笑了,"人穿上蓑羽,就像一只漂亮的大鸟,再大的风雨都淋不透。它比现在的雨衣强多了,又轻快,又透气,还有一股子清香味呢!"

我在一边静静地听着,心中涌动着感动的潮水。窗外,雨还在不紧不慢地下着,淅淅沥沥的,仿佛都下在了我的心里。我走到女儿身边,拉着她的小手,看着她的眼睛,很想对她说:"孩子,你现在应该知道了吧,蓑衣是用父母的爱制成的啊！"

　　然而,我却什么都没说,只是轻轻地抱了她一下。我想,将来总有一天,她会自己明白这句话的含义的。

相随一生的父爱

　　初二那年,我迷上了武侠小说,学习成绩下降很快,期中考试时竟然落到了 20 名开外,让老师和同学大跌眼镜。要知道,我是班长,小学升初中时,我的成绩是全年级的第一名。为此,平日深爱我的父亲很是失望,看我的眼神就有了些严厉,虽然他没有说什么,但我却如芒刺在背,羞愧难当。

　　有一天,班里突然盛传我在全县的作文比赛中获得了一等奖,并且是全校唯一的获奖者。这在我们那所偏远的乡村中学,还是破天荒的事儿。据说校长也很高兴,决定借本周五召开家长会的机会,让全体学生也参加,搞一个颁奖仪式,大张旗鼓地予以表彰。这个消息对我来说,仿佛是雪中送炭。我多么盼望父亲能来参加这个会啊！在家长们钦羡的目光中,看我上台领奖,肯定很神气,也可抵消一些因我学习成绩下降带给他的失望。

　　当天晚上,在饭桌上我故作矜持地向家人说了这事,装出一副漫不经心的样子,并偷偷观察着父亲的反应。果然,父亲先是一愣,继而眉毛一扬,一丝不易察觉的笑意浮上脸庞,说:"好吧,那天我一定去。"他答应得很干脆。

谁知到了星期四的早上，父亲突然说这两天要到外地去出差，但他会争取早点回来，并向我保证说，肯定不会耽误给你开家长会。

终于挨到了星期五的下午。我们初二两个班排着整齐的队伍在操场上坐定，家长们坐在队伍的右侧，疏疏落落的，来得不是太齐。让我焦急的是，父亲的身影一直没有出现，我的心在胸口乱跳，几次想跑到校门口去看看。眼瞅着要开会了，我的心一点点地往下沉，坐在那儿，心急如焚。突然，我无意中瞥到一个熟悉的身影，急匆匆地向会场走来。我的目光瞬间定格在上面，是父亲，父亲出差回来了！我激动万分。我就那样远远地注视着父亲，看他坐在一群家长中间，一只鼓鼓囊囊的包放在脚下，偶尔他会打一个呵欠，旅途的疲累显而易见。

激动人心的一刻终于到来了，我挺直了腰杆，竖起了耳朵，脸莫名地热了起来。校长清了清嗓子，开始宣布作文比赛的获奖名单。我万万没有想到的是，那个获一等奖的人不是我，而是班里的另一名同学，我仅得了个安慰性的优秀奖，连上台领奖的机会都没有！那个瞬间，我只觉得天旋地转，脸上火烧火燎的，大脑一片空白，犹如世界末日来临了一般。我埋下头，唯恐父亲的目光找到我，眼眶又酸又涩，像吹进了沙粒。

散会了，我迈着机械的步子随着人流向教室走去。这时，听到有人叫我的名字，我抬起头，见是父亲，他站在路边，和蔼地看着我。我慢腾腾地走过去，父亲打开皮包，从里面拿出一块崭新的手表，宝石花牌的，是我一直渴盼得到的东西。父亲说："给你买了块手表，在学校里好看时间。"

我接过表，头深深地低了下去，一时不知该说什么，只觉得嗓子眼哽住了，"爸，我这次……"

"什么都不要说，孩子，我是来给你开家长会的，不是来看你领奖的。"父亲淡淡地说，却有一种浓浓的情愫隐含其中。

很多年过去了，我一直铭记着父亲的这句话，就像冬日里的暖阳，温暖、抚慰着我那颗敏感脆弱的心灵。那是一股无形的力量,我知道,从此以后,在人生的旅途中,我将无所畏惧,有父亲的爱相随,任何艰难险阻我都能够克服。

白饺子,黑饺子

小时候,除了大年夜,一年到头很少吃饺子。但在我们兄妹三人过生日时,母亲总会想方设法包一顿饺子吃。那时由于白面很少,饺子分白面的和黑面的两种,黑面饺子一般用掺了地瓜面的面粉包,又粗又涩。

有一年冬天,我得了很严重的肺炎,住了一个多月的院。出院没几天,就到了我的生日,母亲早就说好了,那天一定包饺子给我吃。谁知生日这天,母亲却病倒了,发着高烧,脸烧得通红,父亲找来赤脚医生打了一针,才好了一些。到了傍晚,母亲还是强挣着起来,和面,拌馅儿,开始包饺子。馅儿是白菜的,没有肉,但母亲倒了不少豆油,黄澄澄的,散发着一股浓浓的香气。母亲这次包的白面饺子明显要多,差不多占到了一多半,但我们都知道,每次吃饺子,母亲在捞的时候,是很用心的,她那碗里黑的多白的少,而给父亲和我们兄妹的则是白的多黑的少。尤其是像我这样的,既是病号,又过生日,肯定是白的更多。

那天我躺在炕上,看着母亲拖着病体忙着包饺子的身影,心里很不是滋味。天黑了,趁母亲烧火的空当,我悄悄将妹妹和弟弟叫了过来,那时他俩一个 10 岁,一个 8 岁,也开始懂事了。我们三个人嘀咕了大半天,最后达成了一致:无论如何,这天要让母亲多吃上几个白面饺子。

终于,饺子下锅了,灶房里热气腾腾的。一家人团团围坐在炕上,在我的要求下,父亲点上了一支蜡烛,屋里亮堂堂的,就像过年一样。弟弟和妹妹伸长脖子,打闹着,等着开饭。不一会儿,随着一团涌进来的热气,母亲端着饺子上来了,每人面前放了一碗,香气四溢。最后,当母亲端着一碟蒜泥上来时,我们已拿起了筷子,只等着父亲说声"吃吧",就可大快朵颐了。这时,一向机灵的妹妹突然说:"妈,我听人说外国人过生日,都要许个心愿,然后吹蜡烛,这样可以长命百岁的。我看,我们今天也让哥许个愿,吹蜡烛吧!"

"那敢情好,"母亲听妹妹这么一说,眉毛一扬,眼里闪着光,说,"我们今晚就这么办,吹蜡烛,吃饺子,祝你哥的身体永远棒棒的。"母亲一向有些迷信,尤其在孩子有点儿小病小灾时,她的心更是虔诚。

弟弟早就等得不耐烦了,听母亲这么一说,立马喊道:"哥,快点许个愿吧,我都饿坏了。"

我双手合十,闭上眼,许了一个愿后,"噗"的一声吹了蜡烛,屋内立刻暗了下来。这时,我伸出手,摸到了母亲的碗,迅速换到了我的面前,然后大声说:"好了,我们吃吧。"在弟弟的欢叫声中,父亲擦燃火柴,重新点上蜡烛,一家人开始吃饺子。弟弟边吃边发出一些声响,连说好吃,逗得大家直发笑。

吃完饺子,母亲又给每人舀了一碗饺子汤,味道也很鲜美。可以说,那是我有生以来,吃到的最香的一顿饺子,过得最有意义的一个生日。因为那一晚我完成了一个小小的心愿。

很多年后的一天,母亲过生日,一大家子聚在一起,吃母亲包的牛肉馅饺子。当饺子端上来时,我愣住了,每个碗中居然还有几个黑面饺子。母亲说:"这是地瓜面的,听说健康,城里人都爱吃呢,你们也尝尝。"

看着这黑白混杂的饺子，我突然想起当年吹蜡烛吃饺子的趣事，就当作笑话说了出来。弟弟早就忘了这事，他说他一点印象也没有了。

而母亲却看着我们，笑了，说："是有这事，我记着呢，你还偷偷将你的那碗饺子换给了我。不过……"母亲慈祥地看了看我，又说，"肯定是你出的主意吧？又是许愿，又是吹蜡烛的，就你们那点花花肠子，还能瞒过我？那天，你在换我的碗时，我就听到了，你刚一放下，我又给换了回来。别忘了，当年我能在黑暗里纳鞋底，我的耳朵可好使了……"母亲得意地笑了。

我却在那一瞬间愣住了，看着母亲鬓边的白发，眼角湿润了。我低下头，大口大口地吃着黑面饺子，就像回到了小时候，心里暖暖的，全是幸福。

父亲的谎言

父亲从小就教导我，做人要正直、善良，尤其要诚实。然而，他却在我面前说过一次谎，每每想起，我的心中总是百味杂陈。

初二时，我喜欢上了打篮球，课余时间大都泡在球场上。那时还没有正规的篮球场地，坑坑洼洼的操场中央，竖一个简易篮球架，一群孩子簇拥在一起，争抢一个很旧的皮球。因为人多手杂，有时难免出现意外。一次，在抢篮板的过程中，我的肘部无意中撞到了一个人的头部，他火了，一边破口大骂，一边冲过来打了我一个耳光。众目睽睽之下，我当然不会示弱，顺手捣出一拳，正中他的面部，鼻血当场就流了出来……我当时并没在意,被同学拉开后,就没事一般回了教室。

没想到这件事却捅了马蜂窝:被打的那同学是乡长的儿子,乡长老婆找到学校,校长着了慌,经过简单调查后,不分青红皂白,就给予我一个警告处分,并让我回家反省……我气得大哭,一则是因为委屈,一则是要面子,从小到大,我一直是个循规蹈矩的好孩子,品学兼优,如今却要在全校大会上被点名批评,那简直是奇耻大辱。这事要是被父亲知道了,依他的火爆脾气,非揍我一顿不可。

果然,晚上回到家,见父亲脸色铁青地坐在我的书桌前,看到我,劈头就问:"什么时候长本事了,听说会打架了?"显然,父亲已知道了这事。

"我,我……是他先骂人,先打人的。"我的眼泪不争气地涌了出来,抽抽搭搭地把事情经过简要说了一遍。听我说完,父亲略一沉吟,说:"你说的是真的?"

"真的,我们班主任也知道这事,要不,你去问问他。"我抬起头,看着父亲,小胸脯一起一伏,满腹委屈,说,"爸,我不想上学了,你找找人,把我转到联中去吧。"当时镇上有两处中学,我上的是重点中学。在镇西还有一处联办中学,无论师资还是生源都很差。可现在我宁愿去那儿上学,也不想在全校大会上丢人现眼。

父亲盯着我,良久,才说:"你们班主任下午找了我。我也相信你说的话,但不管怎么说,打人总是不对的。这样吧,明天是周末,我去找一下你们校长,让他撤销对你的处分,以前我们同过事,他不会不给我这个面子的。"

我看着父亲,心里很不好受,说:"爸,算了吧,校长这人……他未必……"我知道父亲以前跟校长有过节,担心父亲难堪。

"没事,以前我们很好的。他知道我的脾气,惹火了我,我骂他一顿他也得挨着。"父亲拍拍我的肩头。

第二天吃过早饭,父亲就出门了。校长住在我们邻村,步行也就10分钟路程。不知为什么,我突然想去看个究竟,就悄悄跟在父亲后面。

到了校长家,趁父亲在敲门,我飞快地爬上了墙外的一棵老榆树,偷偷往里张望。不一会儿,校长出现了,跟父亲握了一下手,很快放下了。父亲满脸堆笑,小声跟他说着什么。校长微眯着眼,一副爱理不理的样子。接着,我看见父亲从腋下摸出一个红色塑料袋,里面像是一条烟,塞进校长手里,脸上是谦卑的笑……那一刻,我的大脑一片空白,如果不是亲眼所见,我绝对不会相信,这就是我心目中那个刚直不阿的父亲!

我偷偷溜下树,跑回家。不久,父亲回来了,脸上一点表情也没有,径直进了我的房间,说:"明天去上学吧,都说好了。以后,再不准跟人打架了。"

见我不说话,他顿了顿,又补充了一句:"放心吧,你们校长被我骂了一通,对我说了不少好话。凭我们多年的交情,他多少还得给我这个面子。"父亲拍拍手,一副轻松的模样。

我抬起头,看着父亲已有些花白的头发,张了张口,却说不出话。停了一会儿,我才深吸了一口气,小声说:"爸,谢谢您。"

"谢什么,你这孩子,说的什么话?"父亲拍拍我的头,走了。

我坐在那儿,不觉间已泪流满面。

少年的那一抹烛光

有一段时间,我所住的小区供电线路不太好,时常跳闸。为保证女儿做作业不受影响,我跑了很远的路,才买到了几包蜡烛。找来一个空啤酒罐，将蜡烛点燃，滴几滴蜡油粘在上面。没想到，点了几次蜡烛后，女儿竟然点上瘾了，有时吃饭时故意关灯，点上蜡烛，说这样吃饭有氛围，让她想到书上写到的烛光晚宴。刚上初中的小女孩，思想新潮着呢。我和妻子会意一笑，任由她胡闹。

我却在一瞬间，想起了多年前那些烛光摇曳的夜晚。

我上学时，是20世纪的80年代初，停电是家常便饭，尤其到了夏日，几乎天天都停，到睡觉时就来了。这就苦了我们那些小孩子，只能点起油灯或蜡烛学习。在当时的农村，能用上蜡烛的人家还不多，但父亲对我的学习很关心，家里备有大量蜡烛供我停电时用。我还有一张专用的书桌，上面摆满了书籍，在一只空墨水瓶上插着一根红红的蜡烛。那时的作业其实并不多，做完了就自己找题做，或看书。我是个很用功的人，每天都学到很晚，学习成绩也好，是大人们教育孩子的榜样。

那时，有十二三岁吧，在闭塞的乡村，如一只坐在井底的青蛙，只看到巴掌大的一块天。可是，少年的心中，却也是豪情万丈，渴望着外面的精彩世界，想快一点长大，早日实现远大抱负。说到底，那时的理想是世俗而幼稚的，无非是好好学习，能跳出农门，像村里的谁谁谁那样，在外面工作，吃好的穿好的，光宗耀祖之类的。

我的祖父读过私塾，我们家几代人都是读书人，祖父从小就给我灌输这样的一些观念："头悬梁，锥刺骨"啦，"囊萤映雪"啦，"只要功夫深，铁棒磨成针"啦，听得我耳朵都起茧子了，有些烦，也大不以为然。

我有我的世界观和价值观，虽然现在看来是很可笑的。我喜欢看书，找一切能搜到的书读，包括一些旧课本、旧报纸，还专门建立一个本子摘抄优美语句，尤其是那些"气壮山河"的诗句，像"人生自古谁无死，留取丹心照汗青"，"我自横刀向天笑，去留肝胆两昆仑"……这样的句子每每让我读得热血沸腾，对文天祥和谭嗣同等英雄人物崇拜得五体投地，心中的那个英雄梦也一次次被这些诗句点燃。

最直接的表现就是,这些诗句频繁出现在蜡烛上,是我用圆规尖或小铁钉刻上的,刻的时候极其虔诚,嘴里还念念有词。夜黑如墨,冷风呼啸,我裹紧大衣,在晕黄的烛光中,一边学习,一边看着蜡烛上的字迹慢慢消失,默诵着那些烂熟于胸的句子,心头充盈着一股浩然正气,仿佛正穿行在历史时空中,与心目中的英雄进行精神上的交汇……

我不知道,别人是否也有过这种可笑的举止,但在物质匮乏,精神生活同样苍白的年代,刻在蜡烛上的那些字,却承载着一个少年卑微的梦想,以及一些莫名其妙的迷茫和忧伤,不时毫无来由地袭上心头,如此鲜明而饱满,像不断滴下的烛泪,凝固在岁月深处,让人时时缅怀。

怀念那些烛光摇曳的夜晚,怀念永不再来的少年时光。

别在心灵留下伤疤

我身上最大的一块伤疤在脚上,右脚背前侧靠近脚趾的部位,有1厘米左右,是被小铁铲铲的。

那时,我五六岁吧。有一次,在我们村合作社上班的舅爷,给我买了一双塑料凉鞋,那是我穿的第一双成品鞋,喜欢得不得了,穿上就舍不得脱下。一个夏日午后,我和几位小伙伴在门前的一堆土上玩,用小铁铲挖坑,上面支一排木棒,在里面撒上尿……我的鞋子里因为进了土,有些硌脚,就索性脱了鞋子,赤脚在土堆上玩。那时的孩子大都打赤脚,我不过是因为有了双新鞋子,想出来显摆一下罢了。现在想来,小孩子的心理是很好笑的。

因为玩得太投入,后来不知怎么的,我的右脚突然感到一阵疼痛,下意识地抬起脚一看,粘满土的脚趾处正往外渗血,血越出越多,疼痛也就撕心裂肺地漫延开来。我扔下铲子,抱着脚哇哇大哭起来。因为当时土堆上的人很多,也不知是哪人铲到了我的脚,我只是一个劲地哭。哭声很快将母亲引了出来,她抱着我,一路小跑到了赤脚医生那儿,冲洗伤口,涂上红药水,用纱布包起来。回来时,母亲顺路到合作社买了几块水果糖,我剥开一颗塞进嘴里,甜甜地笑了。

然而,我很快就笑不出来了,因为母亲一低头发现我光着脚,凉鞋不见了。母亲问:"你的鞋呢?"

"在、在土堆那儿。"我想起来了,我好像将鞋脱在土堆上。母亲抱着我,急匆匆过去一看,一个人也没有了,土堆上光秃秃的,哪里有凉鞋的影子?"你再仔细想想,到底放哪儿了?"母亲的声音都变了。要知道,在当时一双崭新的塑料凉鞋是很奢侈的东西。

我懵了,也有些害怕,咬着食指,突然脱口而出:"让大军拿去了。"大军刚才也在土堆上玩,我曾见他盯着我的凉鞋瞅了好长一会儿。母亲一听,抱着我就到大军家去了。大军家离我家很近,他妈是个很厉害的女人,外号叫"杜鲁门",骂人一套一套的,很难缠的。

果然,母亲到他家一问,大军妈就沉下脸,说:"别胡说,我们家大军绝对不是那种人,谁还稀罕一双破鞋。"谁知,也真是巧了,正说着话,大军大摇大摆地从外面回来了,脚上穿的正是我的那双凉鞋。

母亲的目光一下子直了,盯着大军的脚,大声说:"大军,这鞋,你是从哪儿弄来的?"

"哪儿弄来的?买的,怎么了,我们家连双鞋也买不起了……"母亲的一句话激怒了大军妈,她跳着脚破口大骂起来。

母亲生性懦弱,向来不会与人争执,在泼辣的大军妈面前很快败下阵来,抱着我,两眼通红往家走。大军妈犹在后面不断地叫骂。

事情就这样不了了之了。但我一想到母亲受的屈辱就恨,暗暗发誓:长大了,我非报这仇不可。

从那以后,我就不跟大军玩了,有时他跟我搭讪,我瞪他一眼,转过头去,把他尴尬地晾在一边。慢慢地,我脚上的伤好了,却留下一个醒目的疤。一看到这疤,我的心里就充满仇恨,恨大军妈,也恨大军,暗地里到处骂他"小偷"。

可是,我怎么也想不到,冬日的一天,父亲在推土垫猪圈时,一铲就铲出一件东西,一瞅,居然是一只塑料凉鞋,埋在土里好几个月,还跟新的一样。他急忙再找,在土里果然又找到了一只。父亲拎着凉鞋回家一说,母亲愣了好一会儿,喃喃道:"怎么会这样?"

我看着那双凉鞋,也有些不敢相信自己的眼睛。这时我才明白,看来我是真的冤枉了大军。可是,事已至此,也无话可说了。

长大后,每每看到脚上的疤痕,我就会想起这件往事。脚上的伤口可以愈合,但心中的芥蒂却很难消除。这也是这件事让我至今耿耿于怀,或者说是警醒的原因:无论何时,都不能信口开河,自以为是。否则,错误一旦酿成,往往就难以收拾了。

我一直记得当年的这个教训,就像脚上的那道疤痕,将伴随我终生。

彩霞满天

　　那是个灼热夏日,晚霞像火一样燃烧着,映红了半个天空,美轮美奂。傍晚的校园里,静谧安详,有花在静悄悄地开,阵阵沁人的暗香,扑面而来。树不动,鸟不飞,仿佛一帧素雅的静物画,挂在岁月的深处。

　　我上小学四年级,暑假开学后我们换了班主任,是村支书的小女儿,姓毛,长的人高马大,宽脸膛,大嗓门,皮肤暗黄,虽说衣着新潮,却算不得好看。她教我们语文,音乐,还有写字。写字课我们叫"大仿"课,上课时一瓶墨汁,一本大仿本,一支廉价的毛笔,照着字帖在格子里写字,包括坐姿、握笔的姿势,一板一眼,毛老师要求极严。那时,我学习成绩很好,但字写得不好,每次大仿本发下来,那些写得好的同学得意扬扬地翻开,到处显摆上面老师用红笔画的圈,那一个个红圈圈,连成了片,就像一只只发红的眼球,让我暗自羞愧。

　　有一次,又上写字课,毛老师举起一本大仿本,说:"同学们,看看这个同学的字,像不像鸡刨食?……"她抖动着本子,那些歪歪扭扭的黑字也随之舞动起来。我的脸倏地红了,忙低下头,我一眼就认出那是我的本子,封皮上有一摊墨迹。"老师,谁的,是谁的?……"下面几个调皮的同学一迭声地问。

　　"操那么多心干吗?先把自己的字写好再说。"毛老师火了,大声斥责道。但还是有眼尖的同学看到了,大声嚷嚷:"是周衍辉的。嘻嘻,鸡刨食……"随之惹起一片哄笑。

我的脸烧得厉害,头趴在桌面上,有种无地自容的感觉。那一刻,我觉得自己受到伤害了,不由地对毛老师产生了一股强烈的怨恨。

"笑什么笑,你写的也不强!"毛老师的火气更大了,用教鞭在讲桌上一敲,顺手将本子插进去,吩咐课代表发下去。发本子的时候,她走到我身边,沉吟了一会儿,轻轻拍了拍我的肩头。

那一天,我的心情坏透了,耳边总是响着同学的嘲笑声,再想到毛老师那张汗毛粗重的宽脸膛,发起火来,眉头一皱,真的很凶。我在心里说:"丑八怪……"再瞅瞅她,果然有些难看。

下午放学后,我值日,离开时校园里几乎没人了。我背着书包恢恢地往家走,到教师办公室门前时,突然听到有人叫我的名字。一看,竟然是毛老师,她站在花坛边,手里握着一本书。我走过去,低下头一声不吭。她将书交到左手,看着我说:"上午的写字课,老师说的话不好,你别放在心上啊!"我一愣,抬起头惊讶地看着她,我真的没想到,一向严厉的老师竟会这样对我讲话。我张了张口,却一个字也没说出来。

"字能够练好,但要下苦功夫。你这样聪明,肯定能行……"正说着,办公室的门开了,走出来一位很年轻的男教师,他是刚从师范学校毕业分配来的,除校长外,是学校里唯一的公办教师,瘦高个,雪白的短袖衬衣,长长的头发,又黑又亮,被风吹乱了,一甩头,"刷"地回复原位,潇洒极了。

"哎,刚来的杂志,看不看?"毛老师撇开我,扬起手中的书,脸突然间变得绯红。

"噢,是下午送来的?"那名男老师接过书,打开,封面上,是一位穿浅色风衣的英俊男子,只见他眯着眼,头微侧,看着远方,神采飞扬……

"你,你早点回家吧。"这时,毛老师回过头来,冲我一笑,脸又红了。

但那回眸一笑,却让我的心一颤:正是黄昏时分,西方的天空,布满了晚霞,柔和的霞光中,她的脸舒展开了,呈淡粉色,妩媚极了。真的,当时还不到 10 岁的我,想到的就是"妩媚"这个词儿。

我记得很清楚,毛老师看的是一本叫《大众电影》的杂志,封面上那个男演员,我不知道他叫什么名字,长得有点油头粉面。但实实在在的说,挺好看的。

雨中的微笑

绵绵细雨已飘了一天,到下班时间还没有停止的迹象。我坐公共汽车往城里赶。正是周末,车上人挺多。我的心情也如窗外的世界,灰蒙蒙湿漉漉的一片。最近一段日子,生活中充塞了太多的不如意,让我倍感郁闷、失落。

车子行驶到铁路高架桥附近,又上来三四个人。其中有一位盲人,手里拿着一根竹竿,肩上斜挎着一个鼓鼓囊囊的帆布包,里面有一把二胡。他穿着一件浅灰色的夹克,已被雨淋湿了大半。车一开,他的身子一打晃,手中的竹竿无意中碰到了正在后面收钱的售票员的头。"干什么?长没长眼!"售票员是个年轻的愣小伙儿,回头嘟囔了一句。

"对不起,对不起,"他连声说,右手伸向前,下意识地想抓住点什么保持身体平衡。

"到这儿坐吧。"一位坐在前排的小伙子,见状站了起来,扶着他坐好。

"谢谢您了。"他轻声说了一句,脸上带着淡定的微笑,虽还有些拘谨,但那笑却是纯净的,甚至还有些优雅。

他刚坐好,售票员就过来了,生硬地问:"到哪儿?"

"到灵山,到站麻烦您说一声。"他语气平和,说话的过程中一直在微笑。

"买票,2元。"售票员面无表情地说。

他依旧微笑着,伸手从内衣口袋里摸出了一张1元的纸币,摸了摸,感觉不对,又掏出一张,递了过去。

从口音中可以听出,他不是本地人,虽然衣着简朴,但相当整洁。他静静地坐在那儿,脸上带着笑。车上静悄悄的,只听到发动机的轰鸣声。窗外,如烟的细雨还在飘着。

车到站。售票员的态度明显好转,小声提醒他说:"到灵山站了,你该下车了。"说完,帮他从地上拿起竹竿,扶着他下了车。在路边站定,他回过头来,举起右手说:"谢谢啊!"脸上依旧是那种平和的微笑,在雨中,益发生动起来。

车子继续前行。我在座位上闭目养神,眼前却像过电影般回放着刚才的一幕幕。虽然只有短短十几分钟的路程,但那位盲人的微笑,却给我留下了难以磨灭的印象。

窗外,依然是阴霾密布,烟雨朦胧,一派萧瑟的景象。但我的心里,不知什么时候透进了一丝亮光。那位盲人的微笑,就像是一团火焰,一簇跳动着的阳光,照亮了、温暖着我黯淡的心灵。同时,也让我惭愧不已。

与之相比,自己是何等富足:有一双明亮的眼睛,一个幸福的家庭,一份稳定的工作,在小城里还有一处栖身之所……命运对自己如此垂青,还有什么理由不快乐、不满足呢!

我觉得,那位盲人应该是生活中的一位智者,虽然眼睛看不到这个五彩缤纷的世界,但他的心中,从来就没有停止对生活的体悟和感恩。在这样一个有风又有雨的日子里,他用微笑为自己打开了一扇通向世界的窗。

所谓境由心生,快乐最终要靠自己决定。这样想着,心中纠缠着的忧郁渐渐散去,一抹浅笑不知何时悄悄浮上我的脸庞。

藏在心里的温暖

很多年过去了,我还是会常常想起老校长的讲话。

那时,闭塞的乡村贫穷落后,生活苦一点倒能忍受,缺的是精神食粮。尤其是我家,没有书,没有收音机,只有挂在窗上的一只纸喇叭,每天傍晚的评书节目,让我听得如痴如醉。先是刘兰芳播讲的《岳飞传》、《杨家将》,后来是袁阔成播讲的《三国演义》。听三国的时候我已经上小学五年级了,父亲不知从哪儿淘来了一架旧收音机,摆在家里的三屉桌上,常坏,得不时地用手拍打,但往往怕什么来什么,经常正播讲到紧要关头,收音机没声了,怎么拍打也不响。我心里的那个气呀,恨不得一脚将它踹碎。

有一天课间,我在办公室前跟一位同学打闹,被老校长看见了,叫进了校长室。老校长当时有 50 多岁,瘦高个,长脸,常年穿灰色中山装,戴一副黑框眼镜，可能是镜架太松，挂在鼻梁上，看人时给人的感觉仿佛是从眼镜上方往外看，有些滑稽。他家在20里外的一个小村里，平日住校。校长室里面有个套间，兼做他的宿舍，摆着一张木头床，一张旧办公桌，墙角有一个书柜，里面有不少书，除了教育教学方面的专著外，还有几本大部头。对其他的我倒并不在意，但里面有一本《三国演义》，让我动心了。

一个星期天下午，我一个人去了学校。校园里空无一人，我是从北墙爬进去的，那里正好是校长室的后面。后窗上的木头窗扇有些腐烂，一拉就开了。窗上装着铁栏杆，但是空心的，用力一拉就弯曲了。我头脑一发热，纵身跃上窗台，然后侧着身子，稍一用力，竟进去了。我压抑住怦怦的心跳，径直走到书柜前，拉开玻璃，伸手就将那本《三国演义》抽了出来。就在这时，我突然听到外间传来开门声，一激灵，将书胡乱塞回书柜，一头扎到床底，扑起一股浓重的灰尘，想咳又不敢，脸憋得通红。

脚步声由远及近，我屏住了呼吸。我听见一声咳嗽，果然是老校长，他在屋里站了一会儿，就到外间去了。我听到"哗哗"翻动纸张的声音，接着，他清了清嗓子，大声讲起话来："同学们，我今天要讲的是，做一个好少年，应该从小做起，从小事做起。俗话说：'小时偷针，大时偷金'……"

我趴在那儿，动也不敢动，但我知道，他又在为明天早晨的集会做准备了。老校长有个习惯，每周一全体师生集会时间，他都要讲上几句，或布置本周工作，或对学生进行思想教育，这与近些年来中小学的国旗下讲话相类似。老校长每次讲话除了精心准备外，还喜欢试讲，有笑话说一开始他在家里对着妻子和孩子讲，但没人听他的，他就一个人自言自语。

果然，在反复念叨了几遍后，他带上门出去了。趁这个空当，我从床底爬出，从窗户钻了出去。出了校园，我才长出了一口气，心在"咚咚"跳。想想老校长刚才的举动，我在心里直笑："这个老古董，屋里进了人都不知道，还'偷针、偷金'的，说给谁听呢！……不过，'小时偷针，大时偷金'，这话挺有意思的。"

回到家，见到几个小伙伴，玩了一会儿，我说："你们信不信，我知道明天校长要讲什么话？"

"什么话？"他们几个来了兴趣，追问道。

"他要讲怎样做好少年，开头会说：俗话说'小时偷针，大时偷金'……"我模仿老校长的语气说。

"吹牛，你以为你是诸葛孔明啊，能掐会算？"他们几个也都是《三国》迷，不屑地说。

第二天早上，我们果然在小操场上集合。老校长站在前面，清了清嗓子，开始讲话了。我忍着笑，想再听一遍他昨天的讲话，并为自己的未卜先知而得意。谁知，老校长一开口却说的是："老师们，同学们，我们这周要做的几件事是……"天呀，他讲的不是昨天的那一套，这是怎么回事呢？

迷迷瞪瞪中回到教室，我半天没缓过神来。然而，更让我想不到的是，到课间操时，语文老师把我找去，从抽屉里拿出一本很厚的书，用狐疑的眼光看着我，说："这是校长给你的，让你慢慢看，小心别弄脏了。"我一看，竟然是一本《三国演义》。不知为啥，我的脸"腾"地一下红了。

从此后，每次碰到老校长，我都要下意识地低下头，躲得远远的。但在我转过头的瞬间，总能看到他冲着我微笑，那笑容有些诡异，却很温暖。

头 油和墨水

我 8 岁上学,到小学六年级时已经 14 岁了。记不清从哪一天开始,突然懂得爱美了,最明显的一个标志就是头发越留越长,每天上学前对镜梳头,渐成常态。但只一点,我的头发干枯焦黄,毫无光泽,怎么梳也不定型,乱蓬蓬的,很是难看。

那是 20 世纪的 80 年代中期,随着录音机和电视机的出现,在闭塞、落后的乡村,各种流行风潮也开始走进人们的生活。当时我们的班主任老师 20 出头,刚从师范毕业,穿西装,打领带,皮鞋亮光光的,留着分头,头发乌黑发亮,每每头发耷拉下来遮住了视线,他就轻轻一甩头,那动作漂亮极了。

一次,在老师宿舍里,我看到他床头的桌子上有一个玻璃瓶子,里面盛着一些粉红色的液体。一位同学说:"知道吗,这就是头油,抹在头发上,又黑又亮,香喷喷的。"我的心一动,对着桌上的镜子照了照自己的那头乱发,恨不得立马也能拥有这样一瓶神奇的头油,能让自己的头发产生脱胎换骨的改变。

那天下午放学时,我没有直接回家,而是绕行到村里的合作社。合作社是我们村最好的房子,高大敞亮,两道玻璃推拉门,木质天花板,东墙上有一圈水粉画,画面上的背景是蔚蓝色的大海,几只白色的海鸥在海浪上掠过,岸边一线黝黑的石板路,一队意气风发的渔民,脖子上围着雪白的毛巾,挑着担子,里面是银光四溢的带鱼……东边的柜台台面是大理石的,泛着滑腻的凉光,玻璃柜台里是各种日用百货,品种很全。售货员是位年轻女子,烫了发,脸白白的,嘴唇红红的,穿白色连衣裙,漂亮得像仙女。村里很多年轻男子有事没事总爱到合作社里逛一圈,不时跟售货员搭讪几句,里面笑声不断。

我从小就性格内向,一说话就脸红,还有点口吃,虽然常到合作社里玩,但从来没有自己买过东西。但这一次,我却一反常态地溜进了合作社,沿着柜台迅速浏览了一遍,在北墙角卖雪花膏的地方,我看到了几个扁扁的玻璃瓶子,里面是红色的液体,应该就是头油了。我正贪婪地看着,售货员发现了,站起身走了过来。我脸一红,忙低下头匆匆离去。

从此,我开始攒钱,一分一角也不放过。直到有一天,我用两张崭新的1角毛票,换了小弟的一张1元面值的压岁钱,总算凑够了买头油的钱。那个星期天的上午,我兴冲冲地去了合作社,一推门,见里面有不少人,忙退了出来。我坐在合作社大门东侧的大青石上,装作看蚂蚁搬家,眼睛却紧紧地盯着合作社的那两扇大门。直到天近晌午,里面的人才散去。我站起身,前后左右瞅了瞅,见没人了,才快步推门进去。

屋里静悄悄的,几道光柱射进来,空中飘浮的灰尘看得一清二楚。我深吸了一口气,走到柜台前,那位女售货员正坐在里面翻看一本杂志,听到脚步声,她抬起头看着我,笑了一下。我抬手指着柜台,鼓足勇气说:"我,给我,拿、拿瓶……"我的脚用力跺了几下地面,脸涨得通红,一时结巴得很厉害。

"你是要墨水吧?"那位女售货员站起身,微侧着头,用含笑的眼睛看着我,那样子真是好看。化妆品柜台和文具柜台紧靠着,她以为我要买墨水,根本没想到我会要头油。想想也是,在当时的农村,男人很少有用头油的,更不用说一个毛孩子了。

听她这么一问,我更紧张了,额头立时冒了汗,手捏着衣角,不置可否地点了点头。"要纯蓝的吗?"她跟着又问了一句。我又点了点头。

于是,她从柜台上拿起一瓶墨水,用一块湿抹布擦去上面的灰尘,递给我。她的手白白的,不知抹了什么润肤霜,有一股清香味。

接过墨水的瞬间,我飞快地瞟了一眼柜台里面那些扁平的瓶子,恋恋不舍又有些无奈地离去了。

那瓶让我魂牵梦萦了许久的头油,就这样成了泡影。可是,现在偶尔想起来,在感到好笑的同时,却也有一股说不出的温馨,在心头萦绕,经久不散。

无尘无染的童心

我有一位气质高雅的女同学,在城里的实验小学教书。去年她主动要求到百里外的一所乡村小学去支教。那所小学四面环山,交通不便,又逢60年一遇的大旱,吃水都困难。按规定,支教的第一个月不能回家,孤身一人住在学校里,人生地不熟的,想想都让人头疼。然而,她却扔下上小学的儿子,义无反顾地去了。

得知这个消息后,很多同学都不理解:她家境优裕,中级职称也评上了,到底图啥?再说,从小在城市里长大的她,能吃得了那样的苦吗?

然而,在春节期间的一次同学聚会上,面对大家的不解和疑惑,她只微微一笑,轻声细语为我们讲了这样一件事。

去年春天,教育局组织了一次送课下乡活动。她讲了一节示范课,是一年级的。讲完后,她在办公室里坐着,百无聊赖,便信步到学校围墙外的操场上散心。说是操场,其实说成是草场更确切,里面坑坑洼洼的,野草没过了脚踝。

操场上有学生在上体育课。在这所小学里,连专业的体育教师都没有,放任学生在操场上自由活动。这时,她看到几个小男孩在一个土堆旁玩耍,走近一看,原来他们在玩泥巴,每人面前有一团和好的泥,地上摆了很多已完工的作品,有小娃娃,小猪,小鸡,小狗,小羊,最大的是一头牛,虽然说不上栩栩如生,但造型朴拙,憨态可掬,一下子就吸引了她的目光。她甚至想到了自己的儿子,如果他看到这种场景,一定会高兴得不得了。

听到脚步声,那几个孩子抬起头,看到是她,全都站了起来,有些拘谨地小声叫她"老师",一个个小脸红红的,目光不敢和她对视。她打量了一下,好像是她刚才上过课的那班学生,因为只是上了一堂课,对学生根本认不过来。但她还是微笑了,看着这几个六七岁小男孩,他们的手上、衣服上全是泥土,脸上也脏兮兮的,其中有一个鼻涕过了河,"哧溜"一声又抽了回去。

"哟,这些都是你们几个捏的,可真漂亮。"她蹲下身,看着那些小动物,说。

"老,老师,你喜欢,就给你一个……"说着,一个胆子大一些的孩子顺手从地上拿起一只胖乎乎的小泥猪,递到她手里,一边还问,"老师,你觉得好看吗?"

"好看,捏得真像。"她将那只小猪托在掌心,认真端详着。在她白净的手中,那只小猪仿佛会笑,摆着尾巴,摇头晃脑地看着她。这时,一阵微风吹来,她觉得有点不对,鼻腔中有一股尿臊味。她的心一紧,手中的小猪"叭"的一声落地,摔扁了。她立马意识到:这些泥巴是孩子们用小便和的。这对于有轻微洁癖的她来说,当时差点要呕吐起来。

然而,那个孩子显然没有注意到她的表情变化,他咬着嘴唇,瞪着一双亮亮的大眼睛,看着她,似乎有点儿委屈,小声说:"老,老师,这只小猪不好看吗?"

"不是,不是的,是老师刚才不小心……"她嗫嚅着,面对着那双泉水般清澈的眼睛,有些不好意思起来。

"喏,那把这个给你吧,这可是最漂亮的一个了。"说着,他从地上抓起一个泥娃娃,递给她,眼中闪烁着喜悦的光芒。

她犹豫着,伸出手,接过泥娃娃,捧在掌心,脸上却带着笑。这个时候,旁边的孩子仿佛受到了感染,也纷纷将自己捏的泥人送到她手中,一边叽叽喳喳地说:"老师,老师,这是我的,给你……"

那一刻,她被深深震撼了,手捧着那些散发着怪味的泥巴,内心萌发出一种久违的感动:在这个世界上,最纯净的东西,莫过于一颗无尘无染的童心。它有着水晶般的质地,可过滤掉内心所有的尘埃和琐碎,抵达生命的本真,让浮躁的心走向澄明之境。

女孩和树

有一个小女孩,三年级的下学期时,从乡下转到城里的实验小学读书,陌生的环境,陌生的老师和同学,让她产生了很多不适,跟城里的孩子比起来,她简直什么都不是,学习跟不上进度,英语压根儿没学过,画画不行,跳舞不会,唱歌跑调,就连跑步都是最后……她从一只高贵的白天鹅,一夜间变成了丑小鸭,这种巨大的心理落差让她备感苦恼,学习成绩每况愈下……后来,她竟对上学产生了恐惧心理,总觉得自己处处不如人,老是被老师和同学耻笑,有时候半夜做噩梦,醒来发现泪水湿透了枕巾。

女孩的父母很是担心,苦口婆心地劝慰她,晚上经常给她讲励志故事,但收效甚微。转眼间过了新年,新学期开始了,女孩依然没能从那种坏情绪中走出,连作业都不能及时完成了。一个星期日,女孩的父亲说,听说华楼山景色不错,我们去爬山吧。华楼山是崂山山脉延伸到西北的一座山,离他们住的小城不远,大约有40分钟的车程,由于还没完全开发,自然风光独特,特别适宜于三口之家游玩。

初春天气,乍暖还寒,丝丝凉风中,却也有着掩饰不住的温暖气息。华楼山海拔并不高,只有350多米,但植被茂密,巨石嶙峋,造型奇特,别有一番野趣。爬到半山腰的时候,小女孩一抬头,突然看见了一棵碗口粗细的树,从根部往上大约1米处,不知是何原因,树干一侧已腐烂枯干,仿佛一阵风就能将它吹倒。但在这棵树的枝头上,却长出了嫩叶,是羽状复叶,呈倒垂形,在阳光下格外醒目。更令人称奇的是,在这棵树的旁边,有一棵几乎一模一样的树,比它还要粗大些,枝头上却空空如也……小女孩说:"爸爸你看,为什么两棵同样的树,却不同时发芽?"女孩的父亲端详了半天,也说不出个所以然来。

后来,他们来到了一个叫华楼宫的景点。据说这是一位叫刘志坚的道长当年修炼的地方,已有700年的历史了。在东院里,有两棵巨大的银杏树,树身上的铭牌标明树龄是700年,一个大人都搂不过来。可能是第一次见到这么粗大的古树吧,小女孩围着那两棵树转来转去,眼里写满了惊奇。接下来,在华楼宫的西院,她们又看到了一棵银杏树,树干上鼓起了几个蜂巢样的大包,近前一看,是树瘤,疙疙瘩瘩的,叫人浑身起鸡皮疙瘩。树上也有一个铭牌,标明树龄也是 700 年,可实际看上去,这棵树却只有东院那两棵银杏的一半粗细。但眼尖的小女孩却发现,这棵银杏树低垂下来的枝条上已萌出了嫩嫩的叶片,在初春的风中,张扬着一种别样的生命活力,而先前看到的那两株,却连一个芽苞也没有……"为什么会这样呢?"小女孩看着父亲,再联想到半山腰那棵受了伤的树,迷惑不已。

"真的啊,怎么会这样?"父亲看着她,也是一副惊奇的表情,围着那棵树,观察良久,父亲才用手指着树干上的树瘤,说:"也许是因为这些瘤子吧,与那些健康的树相比,它只有先发芽,深扎根,才能跟其他的树一样枝繁叶茂……"小女孩在一边静静地看着那棵树,一时陷入了沉思。

那天,一家人玩得很开心,沉醉在大自然的旖旎风光中,连一向郁郁寡欢的小女孩也露出了久违的笑容。晚上回到家,临睡觉前,小女孩突然跑进父母的房间,小声对父亲说:"爸爸,通过这次爬山,我明白了一个道理,我不聪明,但我可以多下功夫;我各方面都不如别人,但我不能够放弃,而要加倍努力……"说这番话的时候,小女孩的眼睛里有一种异样的东西在闪亮。

果然,从那天以后,小女孩像变了一个人似的,脸上总是挂着微笑。她在学校里参加了好几个课外兴趣小组,利用双休日学英语,学柳琴,母亲也尽可能地抽出时间陪她。她的学习成绩开始一点一点赶了上来。

这个小女孩是我的女儿,如今她已经是一名初一的学生了,成绩优秀,阳光开朗,是班里的活跃分子。这与她刚转到城里上学时相比,真是判若两人。我不知道她现在还记不记得那次华楼山之行,但在她的心里,应该一直是生长着那两棵饱经沧桑和磨难的树吧。

心灵的触动要比苦口婆心的说教更重要。那些看起来残酷的现实,那些成长中的疼痛,对一个人来说,其实是疗伤的良药,是重拾信心和勇气的力量源泉啊!

吃青椒的猫

让 爱提前回家

对一个人的看法,往往会因偶然的一件小事而改变。

我有一位同事,是前几年教育局到外地招聘的本科生。挺精神的一个小伙子,却叫王进财,名字土得掉渣。他家是沂蒙山老区的。共事大半年了,我和他的关系一直很疏远,他人倒没有什么,就是有点儿抠门,是一个斤斤计较的人,很会算计。

有一个故事就是说他的:一次去外地参加一个教研活动,到了晌午,几个人凑份子到小饭馆吃饭。因为知道他肯定不会参与,就有一位同事故意逗他:"小王,今儿中午咱们怎么吃? "王进财脸一红,看了看他们几个,半天才讪讪地说:"还是各人吃各人的吧。"

于是,那天中午,王进财独自叫了一碗清汤面,匆匆吃完,结账时,一摸口袋,傻了——没带钱。他一时尴尬极了,只得面红耳赤地跟同事借,大家却都说没有,嘻嘻哈哈地在一边看热闹……从此,"王进财上饭店,各人吃各人的",就在全镇教师中成了一句经典笑话。

王进财的编制在中学,他是借调到我们单位做微机员的,吃、住都在中学,我与他交往很少。年前放假时,已是下午3点钟了,我开车刚要走,见他手提两个大包去坐车。他要先从镇上到小城,再转乘长途客车回家。我叫住了他,让他上车。在路上,跟他有一搭没一搭地闲话,没想到,他还挺能说。快到城里时,他突然说:"周哥,你,能不能,借我电话用一下？"他的声音很小，脸红红的，有点窘迫，"我的电话前几日坏了。"

我笑了笑，摸出电话递给他。我知道他的那个旧手机，早就该淘汰了。接通电话，只听见他急急地说："姐，我是进财，我们放假了。你去跟妈说一声，我明天才能走，估计得后天才能到家，让她别挂念着，我会小心的。"我一愣，不由得抬头看了他一眼，明明已经上路了，为什么还要说明天才走？从小城里坐上车，到他家不过十几个小时的车程，就是加上转车、等车的时间，最迟明天下午他也该到家了，他什么意思？

挂了电话，他可能也看出了我的疑惑，一边将电话还给我，一边小声解释说："家里只有我妈一个人，每次知道我要回家，她都会整夜睡不好，天不亮就到大门口张望，有时还会到村头的大槐树下等候。她年龄大了，身体也不好，前些年为供我上学，家里欠了很多债。我妈，这辈子吃的苦太多了，我不忍心让她再为我牵肠挂肚……"说着说着，他的声音慢慢低沉下去。

我的心一动，扭头看了一眼他凝重的脸，一时竟不知说些什么了。那个瞬间，我仿佛一下子就懂得了他的良苦用心：他在电话里故意推迟自己的归期，为的是让爱提前回家啊！

吃青椒的猫

我敢保证，从那以后，再也没有什么能像那天晚上的青椒炒肉一样，让我至今怀想不已了。

那年，我上小学4年级。记得是一个初冬的傍晚，我在家胡乱吃了点东西，就赶到了学校。学校前几日刚进了一车煤块，担心失盗，便每晚安排一名男教师带两名学生值班。能被老师选中来值班，对学生来说是一种莫大的荣誉。那晚轮到我和亮子值班，他是班长，我是副班长，深受老师信任。

我们赶到的时候，班主任宋老师从伙房里打回饭，刚要吃，有一名学生家长来找他，他们便到办公室说话去了。我和亮子到院子里巡视了一遍，傍晚的风有些刺骨，我俩缩着肩膀回到值班室，一股奇异的香味扑面而来。一瞅，炉子边那张旧课桌上，放着一个馒头，一盘青椒炒肉，肉是大片的五花肉，油汪汪的，还微微冒着热气。我和亮子互相瞅了一眼，不由自主地咽下了一口口水。

那年月，家家吃的都是地瓜、饼子，就着咸菜，不用说肉，就是青椒都吃不到。我和亮子直勾勾地盯着那盘青椒炒肉，肚子也开始不争气地"咕咕"叫起来。亮子比我大一岁，平日又是有名的机灵鬼，他抬头看看我，说："我看这样吧，咱们轮换去外面照看着，这样也能少挨点冻。"听他这么一说，我也不好说别的，就有些不情愿地往外走，一边走，一边瞅着那盘菜，喉咙里仿佛有什么东西在爬，痒的难受。我在院子里待了不到5分钟，就迫不及待地回来了，一进门，却见亮子正俯身在那盘菜上。听到脚步声，他慌张地离开了，小脸红红的，嘴里还在咀嚼着什么，嘴唇上有一层油。我的心一动，看着他。他的表情极不自然，讪讪地说："该我出去了。"

我到桌前一看，菜被动过了，上面那些油汪汪的肉片少了几块。我知道，亮子刚才肯定偷吃过。我向外瞅了瞅，一个人影也没有。我快步走到桌前，拿起筷子在菜里翻了翻，翻出好几片肉，我伸手夹起一块，飞快地丢进嘴里，几乎没咀嚼就咽了下去。原本想只吃一块就行了，却没想到肚子里的馋虫被勾出来了，我不管三七二十一，用手抓起来就吃，嘴里塞得满满的。吃了几口，担心宋老师回来发现，我就用筷子将盘里的菜抄了抄，然后迅速离开，刚要出门，亮子回来了，喊着："冻死了，该你了。"我的脸红红的，匆匆走出屋子。

外面，天更冷了。我将手抄进袖筒，绕着煤堆走了几圈，心里却在想着值班室里的那盘青椒炒肉，一想到亮子在那儿偷吃，心里就有些发紧。回到值班室门口，我故意用力跺脚，然后推门进去，对亮子说："该你了。"亮子刚出去，我又飞一般扑到桌前……这样，不到20分钟，那盘菜就下去了一大半，并且里面连一块肉片也找不到了。

远远地听到外面传来了脚步声，我和亮子不约而同地往外跑，一出门口，正好与宋老师撞了个满怀，宋老师说："我刚才去看了，没事，先进来暖和会儿吧。"我和亮子慢吞吞地挪进屋里，低着头一言不吭。果然，宋老师"咦"了一声，说："我的菜呢？"他抬头看了看我俩，我和亮子大气不敢出，窘得不行。"噢，是不是刚才你俩出去，让猫进来了。"宋老师话音未落，"喵——"外面果真传来了一声猫叫。

"这只馋猫，偷吃好几次了。下次让我碰见，我非打断它的腿不可。"宋老师一边说，一边从暖瓶里往盘里倒了一些热水，将馒头泡在里面，大口大口地吃起来。我和亮子对望一眼，如释重负地长出了一口气。

很多年后的一天，小学同学聚会，我们也请到了宋老师。席间，亮子当笑话说起了当年的这件趣事。年近50的宋老师笑了，说："你们两个馋东西，偷吃我的菜，还硬要面子。要不是我帮你们打掩护，恐怕你俩连觉也睡不清闲吧？"

"你当时就知道是我俩吃的？"我和亮子面面相觑，看着老师。

"傻小子，你们谁见过吃青椒的猫？"宋老师笑着说。

我和亮子也笑了。笑着笑着，却笑出了一眼的泪水。

给心灵一双欣赏的眼睛

弟弟家有一个后院，不大，三间老屋里堆满了杂物，少有人去。弟弟将院子里的地翻了起来，种菜，葱、蒜、韭菜、菠菜、油菜什么的，还挺齐全，菜苗又都浇上水，长得正欢，一片碧绿。双休日回老家，4 岁的小侄女楠楠缠着我，把我拉到小卖部，买了一大包零食。小家伙吃高兴了，拉着我的手，反复地说："大爹真好，我最亲大爹了！"奉承得我心里很是受用。

吃完东西，她突然俯在我耳边，小声说："大爹，我领你去一个好地方看看，你可不许跟别人说哦！"说着，牵着我的手神神秘秘地往后院走去。

初夏时节，金黄色的阳光洒满了小院，照在身上，暖融融的，我不由得打了个呵欠。院子里的菜刚浇过水，地面湿漉漉的，散发出一股浓重的土腥味，混杂着各类蔬菜的清新气息，深吸一口，沁人心脾。小侄女拉着我的手，一直走到老屋跟前，用小手指着屋檐，说："大爹，你看，我家有小蜜蜂。"

我抬头一看，屋檐下竟然是一个不大的马蜂窝，上面有七八只赤黄色的马蜂在爬进爬出，忙个不停。

我吓了一大跳，本能地往后缩了缩身子。小时候，我可没少吃这种马蜂的亏。那时的孩子多，又顽劣，天天在外面疯，蝉、青蛙、蛇、蚂蚱什么的,见一个灭一个,当然也包括马蜂。记得有一次,因为用竹竿捅了一只茶杯口粗的马蜂窝,结果几只马蜂穷追不舍,我的额头被狠狠地蜇了一下,仿佛针扎似的钻心地疼。不一会儿,被蜇的地方就起了一个大疙瘩,到后来半边脸都肿了,眼睛也睁不开。爷爷用酒、醋洗,毫不见效。没法子,爷爷请来赤脚医生,打了一针,才慢慢消了肿……从那以后,我一见到马蜂窝,就躲得远远的。

没想到时隔多年,又见到了这小轰炸机一般的大马蜂,我的额头不由得有些隐隐作痛,身上也立马出了一层冷汗。小侄女却毫无惧色,在下面用小手指指点点着,说:"大爹,小蜜蜂漂亮吧?你看,它们的窝像不像一个小莲蓬?"她的小脸红通通的,因为有人分享她的这个小秘密,而欢欣不已。

这时,一只大马蜂轻捷地飞过来,在我的头顶盘旋,我吓得屏住呼吸,一动也不敢动。而小侄女却歪着头,目光追随着飞舞的马蜂转来转去,说:"大爹,你看,小蜜蜂在跟我们捉迷藏呢!"

我怕马蜂蜇了小侄女,忙上前一步,将她护在身后。那只马蜂飞了一会儿,翅膀一抖,飞走了。我擦了把汗,一转身,却见小侄女又被墙角篱笆上栖着的一只蝴蝶吸引了,她蹑手蹑脚地走过去,一扑,蝴蝶飞走了……

一个孩子眼中的世界,原来可以这样美好。阳光下,小院里一片静谧,甚至可以听到阳光缓缓流动的声音,暖暖的。岁月静好,一切都沉浸在澄明的境界中,在眼前展开一个如诗如画般的童话世界。

没有伤害,就没有仇恨。马蜂蜇人,是因为你"捅"了它的窝,它才以命相搏。相反,对世间万物,当你只用平等的目光去欣赏,它们就会像孩子眼中的花朵、蝴蝶一样,是世间美丽的精灵,是大自然的一分子,完全可以与我们和谐共处的。

马蜂是这样,人更应如此吧。

窗外的秘密

　　小林老师刚一下课,教数学的王老师就找到她,说:"小林,你们班那个叫陈磊的,是不是不正常啊?"王老师是名很受人尊敬的老教师,平时说话柔声细气的,特和蔼,但今天显然有些生气。

　　"陈磊……噢,是不是坐在最后排靠窗的那个大个子?"小林老师刚接了这个班,对学生还认不全。

　　"就是他,"王老师沉吟了一下,凑到小林老师耳边,小声说,"你上课仔细观察一下,这个陈磊,没事总盯着女教工厕所看,眼珠都不眨一下,那样子真……"老王老师说不下去了。

　　小林老师一听就明白什么意思了,脸"腾"地红了。她今年刚参加工作,还从没经历过这种事。

　　上课时,小林老师就不自觉地观察起陈磊来。果然,一节课的时间他朝厕所的方向观望了多次,有时还微微抬起身子,脖子伸得老长,确实很不雅观。小林老师有些生气了,用教鞭狠敲了一下桌子,大声说:"都坐好了,看着黑板,老往窗外看什么?"学生们都没想到小林老师会发这么大的火,一时坐直了身子,噤若寒蝉。陈磊似乎也意识到了老师是在说他,脸一红,缩缩脖子,低下头。

　　到了下一堂课,小林老师没课,上厕所时,突然想起老王老师说的话,出来后下意识地往教室方向瞅了一眼,果不其然,她发现那个陈磊也正朝这儿瞅,一接触到她的目光,就倏地掉转头。小林老师这个气呀。

她站在厕所前仔细观察,虽然厕所离她班近,又正好斜对着,通过窗户玻璃可以对进出厕所的人一览无余,但厕所却是新砌的,墙上没有缝隙,上方又覆着红瓦,很严密,有什么好看的呢?虽说小林老师也听说过有的人有这样那样的怪癖,但陈磊这个学生给她的印象还是不错的,话不多,学习也可以,他思想不至于这样龌龊吧?……小林老师大惑不解。

下午放学后,等学生走后,小林老师打开教室门,坐在陈磊的位子上,透过窗玻璃往厕所方向看,瞅了半天也没看出点什么。如果说有什么醒目一点的东西的话,不过是几只麻雀,在红瓦上跳来跳去,再就是厕所墙上"女教工"3个红漆大字……可这些有什么好看的?小林老师摇着头,想破脑袋也想不出个所以然来。

过了几天,小林老师重新排了座位,她将陈磊调到了北排,这样他就无法透过窗玻璃往厕所方向看了。陈磊上课时也确实安分了很多。但很快,小林老师又发现了一个新情况:本来负责打扫教室卫生的陈磊,竟然不声不响地跟另一个男生调换了卫生区,他去打扫厕所前面的那块地方了,而平时是没人愿意去扫那儿的。他拿着扫帚一边扫着地,一边不停地朝厕所的上方张望……

"这个陈磊,真是有些不正常呢,"小林老师想,"一个厕所,有什么看头?看来,真的需要找他好好谈谈了。"

可是,还没等小林老师找,陈磊的周记却在无意中暴露了这个秘密。那天,小林老师批改周记,顺手打卅一本,一看是陈磊的,再一看内容,她一下子愣住了,陈磊的周记是这样写的:"这两天,只见到一只麻雀了,那一窝小麻雀,它自己能喂得过来吗?另外的那只老麻雀,到哪儿去了呢?是不是被人打死了?或者,也像我的爸爸妈妈一样,离婚了?……"短短的一篇周记,竟有那么多的问号,让小林老师一时无语了。

第二天上课的时候，小林老师突然宣布："陈磊，回到你原来的位子上。"在全班同学惊愕的目光中，陈磊搬着凳子，也吃惊地看着小林老师，不明白是怎么一回事。

低头的惊喜

办公室门前有一小块菜地，种了几畦黄瓜。由于底肥施得足，光照充足，浇水条件也好，长得特别茂盛，厚密的藤蔓爬满了竹架，有近两米高。见过的人都说，这黄瓜长得真有劲儿，肯定会大丰收，这下我们可有黄瓜吃了。

事实上，却远不是这么回事。眼瞅着黄瓜一天天长大，一根根翠生生地悬在绿叶间，煞是喜人，可往往回趟屋里的空儿，黄瓜就不见了踪影。盖因来往的人太多了，走到瓜架下，都会不由自主地抬头寻找，这样那些初长成的瓜就无所遁形了，一个个都被顺手牵羊摸去了。所以，要想吃到黄瓜，就得每天一大早，趁别人还没来，赶紧到黄瓜架下，拨拉开密密的叶子，睁大眼睛寻觅，才会小有收获。这些顶着小黄花，带着露水的嫩黄瓜，没用化肥，不施农药，味道纯正，人人都说好吃。

可惜，这样的机会毕竟不多。单位里每天来办事的人络绎不绝，见到这几架黄瓜都新奇得不得了，又听说是用豆饼做的底肥，味道鲜美，一个个慕名而来，来了自然不会空手而归。

同事们哭笑不得,说:"你看看,我们辛辛苦苦种出的黄瓜,到头来都是为他人作嫁衣裳了。"

一天我值班,晚饭后,到屋外乘凉,不自觉地走到黄瓜架下,抬头围着几畦黄瓜转了好几圈,只在浓密的瓜叶间发现了几根拇指粗细的小瓜。我有些不甘心,又搜索了一遍,仍旧一无所获。

可能因仰着头瞅了半天,脖子有点酸,我就蹲下身子,想休息一下。谁知,无意中向瓜架的下方一瞅,眼前突然一亮:瓜叶间隐隐露出一根又粗又长的黄瓜,再一瞅,旁边还有一根。一时大喜过望,我低着头在瓜架下方仔细搜索,不一会儿竟摘了 10 多根,其中两根由于摘得晚了,成老黄瓜了,真是可惜。

我将黄瓜洗净,然后搬了一张椅子,边乘凉边吃瓜,惬意得很。再细想这意外的收获,突然心中一动:面对鲜嫩可口的黄瓜,人人都不自觉地抬头往上看,以为黄瓜总是长在瓜架的上方,却从没想到低下头来,在瓜架的下面,一样会有意外的惊喜。

其实,何止是黄瓜,对于我们每一个人来说,不也同样面临着一个抬头和低头的问题吗?无可否认,大多时候,我们的头是往上抬起的,看到的,当然不乏美丽的风景,精彩的人生。

可是,懂得低头往下看,又何尝不能品尝到人生丰美的果实?

人生是一条踏实的路

小学毕业时，班上的同学面临着考十三中还是联办中学的考验。虽然都在镇上，但十三中是县办中学，是重点学校，每年只收两个班。而依我当时的成绩，要想考上十三中，简直比登天还难。

但我丝毫也不担心，整天照旧没心没肺地疯玩，拿老师和家长的话当耳旁风。至于原因也很简单，当时十三中的校长李伯伯是我父亲的同学，我们两家好得像一家人似的。小学四年级的时候，一次李伯伯到我家喝酒，当着我的面说，将来想上十三中，提前说一声，他可以为我选一个好班主任，并且中午还可以在学校伙房吃饭，再给我安排一间宿舍午睡。那时的我，很有点小聪明，作文写得好，并代表学校参加过县里的小学生数学竞赛。很多亲朋都看好我的前途。

但自从五年级时迷上武侠小说后，我的心思就不在学习上了，成绩每况愈下，最惨的时候竟跌到了班里20名开外，气的父亲几次要修理我，幸亏被祖父拦住了。祖父知道我心里想什么，也多次劝诫过我，但我根本听不进去。我总是自我安慰：小学不要紧，反正成绩再烂也能进十三中，等上了初中再努力也不晚。就凭我的智商，将来考学肯定没问题。所以，到了六年级时，按说学习应该紧张起来了，但我依然我行我素。祖父看在眼里，急在心里。

那年春节，我又玩疯了，整天不着家，白天跟几个小伙伴在外面玩，晚上抱着借来的武侠书一看就是大半夜。一晃，元宵节快到了。一天，天气很好，早饭后我刚要出门，祖父叫住我，说："今天是刘庄大集，想不想跟我去？去的话，我给你买烟花。"一听这话，我动心了，一迭声地说："去，去，我去。"

刘庄离我们村有十几里，是三县交界的一个大镇，集市规模很大，远近闻名。祖父骑着自行车带着我，沿着村西的那条大路，吃力地骑着。那天是个少见的好天气，风不大，阳光暖融融地照在身上，舒坦极了。祖父说，今年节气早，没出正月十五就这么暖和，还真是少见。祖父一边骑车，一边有一搭没一搭地跟我说着话。我闭着眼睛，抄着手，在自行车后座上昏昏欲睡。昨晚看书看到后半夜，现在被阳光一晒，还真是有些困。

到了集市，祖父买完东西后，到爆竹市场为我买了烟花，又到牲口市场看了看，他打算开春买头牛。然后，我们便往回走。这次，是我骑车载着祖父。出了村口，我径直将车把一扭，拐上了一条小路。祖父说："你想干啥？"我说："我们走西埠吧，那条路近。"西埠是我们村西一块高地的称谓，那儿有一条小路通往刘庄，比走大路要近很多。

这条小路很窄，且不平，颠颠簸簸的，却是一条捷径，以前我和小伙伴步行赶刘庄集，都是走这条路，一路上还有很多光景可看，像捉蚂蚱，采野花什么的，一路玩着很快就到家了。

可没想到，这次我们却吃了苦头。由于阳光好，封冻的路面融化了，轮胎上沾满了泥，堵在车瓦处。我忙跳下车，折一截树枝，将泥一点点抠出来，骑上去，专拣有草的地方走，但骑了没多远，又动不了了。再停下来，接着抠泥，不觉间头上就冒了汗。祖父看着我，一句话也没说，默默地用手里的树枝帮我刮着轮子上的泥……就这样，一路上走走停停，本来半个小时的路程，足足走了两个小时，累得我俩浑身瘫软。

好不容量走出了那段泥泞路，拐上了大路，我将车子往旁边一扔，大口大口喘着粗气，一步也不想走了。这时，祖父在一边说话了："怎么样，这下抄近道吃亏了吧？这世上，哪有那么多捷径啊！"祖父高小毕业，年轻时走南闯北，也算见过世面，说起话来总爱摆个道理什么的，"有些事，一定得事先想明白，不要有侥幸心理。这路啊，还得脚踏实地的走。比如说学习吧，我说了你多少次了，你能保证你李伯伯一直当校长，万一今年他调走了怎么办？"

要在平时，我早就掩上耳朵了。可这次，我却静静地听着，看着倒在地上的车子，若有所思。

那年小学毕业时，我以优异的成绩考入了十三中。进步之大，超出了所有人的想象。

难忘的一课

师范毕业后，我被分配到了一所偏远的乡村中学，教初二语文，担任班主任。当时，我的父亲在一家乡镇企业当厂长，正想方设法要帮我跳槽到政府部门。我的班也就上的松松垮垮，做一天和尚撞一天钟。

对班上的学生自然也懒得搭理，加上农村的孩子又有些顽劣，我的火气就特别大，几乎天天在课堂上发火，弄得学生们对我敬而远之，暗地里给我起了个"冷血动物"的称号。

有一次上作文课，跟往常一样，我懒洋洋地在黑板上写下作文的题目和要求,让学生自己写。这样,两节课的时间又可以轻松一下了。作文的题目是《我的妈妈》。

几天后批改作文,我发现学生们写的一团糟,字迹潦草不说,还有相当一部分学生明显是在抄袭。我强压住心头火,又翻开一本,见上面一个字都没有,一看皮面,"王晓梅"3个娟秀的字跃入眼帘。我当时就一愣:不会吧,这可是个品学兼优的学生,又是语文课代表,她怎么会不写作文呢?

可白纸黑字,千真万确,就是这个王晓梅,两节课的时间居然连一个字都没写!我的怒火慢慢升腾起来,抬头看了看课程表,那节正好是自习课。我想也没想,抱着作文本就进了教室,"啪"的一声将本子摔在讲桌上。正在做作业的学生们被吓了一跳,一齐抬起头来看着我。我面无表情,用严肃的目光朝下扫视了一圈,一字一顿地说:"谁没有写作文,站起来!"

学生们面面相觑,显然还没回过味来。"我再说一遍,没写作文的,站起来!"我加重了语气。

只见坐在前排的王晓梅,低着头,慢慢站了起来。教室里立时一片骚动,显然学生们也没想到会是她。

"说吧,为什么不写作文!"我厉声问道,同时用力抖动着手中的本子。

王晓梅依旧低着头,用手揉搓着衣角,一声不吭。我又问了一遍,还是没动静。

我的怒火终于爆发出来,"哧啦,哧啦",三下两下把本子撕得粉碎,向空中一扬,同时顺势一脚把讲台上的一条板凳踢翻,几乎是声嘶力竭地吼道:"过来,到讲台上来!"

学生们惊呆了,教室里鸦雀无声。我一时也有些后悔,但箭在弦上,也没了退路。

正在这时,人高马大的班长快步走上讲台,把我拉向门外,同时递了

个眼色给我。

在门口,班长小声说:"老师,你先消消火。王晓梅她不是故意不写。她妈妈在她很小的时候就去世了……"

我目瞪口呆。接着,班长在一边期期艾艾地说:"老师,以后,上作文课,你最好先给我们指导一下……"

剩下的时间,我也不知道是怎么度过的。那恐怕是我一生中最尴尬、最难堪、最后悔莫及的一节课。以至于过了很长一段日子,我还陷在深深的自责中不能自拔。我平生第一次感受到:自己根本就不配做一名老师!但同时,沉睡在内心深处的良知和责任也因为这节课而被唤醒了。我开始重新设计自己的人生。

从那以后,我摒除了一切私心杂念,全身心地投入到工作中,深入了解每一名学生的情况,真正成为他们的知心朋友。

我相信,无论何时何地,那节课的情况永远不会在我的身上发生了。因为,那堂课更像是为我自己上的,它触及到了我的灵魂,让我一辈子都忘不了。

绘在心墙上的彩色粉笔

回忆小学时光,印象最深刻的是那些彩色粉笔,红黄绿蓝粉,缤纷的色彩,一直闪耀在我的心中。

那时,在偏远闭塞的乡村小学,物资匮乏,连粉笔都不能敞开用。记得当时每个班里都有一个木头做的小盒子,用来盛粉笔头。老师上课时,拿起盒子掂几下,长一点的粉笔头就到了上面,老师拣一支最长的用。彩色粉笔更是稀罕,一般到了办黑板报时,老师才能到学校领上几支,办完板报后,剩下的粉笔头,就放在讲桌上的盒子里。

那年,我上小学三年级,个子矮矮的,与同学比起来,是个不起眼的小不点儿。我们的班主任王老师是个20出头的姑娘,她多才多艺,字写得好,还画一手好画,兼任我们的美术课。她上课时特别喜欢用彩色粉笔,画出来的各种人物、花草图案惟妙惟肖,让我们羡慕不已。我就是在那时候爱上画画的,课后经常用小石头在地上乱画,有时一画就是大半天。有一次放学后,我留下来值日,突然发现讲桌上的粉笔盒里有一个纸包,里面是几支彩色粉笔。我的眼神立马直了,看看同学都不在,就悄悄走过去,拿起纸包迅速塞进裤兜里,连门都没锁就匆匆离开教室。

回到家,我连作业也顾不上做,就拿出彩色粉笔在街门前的泥地上画起来,画小鸡、小狗、小鸭子,还有树木、花朵什么的,还挺像那么回事,吸引了不少大人小孩围观。我不禁有些洋洋得意,却压根没有去想这事的性质跟"偷"有什么联系。

第二天,我刚到学校,就围上来几个同学,大声质问我:"你是不是偷了彩色粉笔,王老师刚才来调查了,你这个小偷,等着吧,有你的好果子吃。"

"我,没,没拿……"我低下头,心在扑通乱跳,这时才感到了害怕和后悔。

可让我奇怪的是,王老师一上午也没找我,上课时依旧一脸灿烂的笑容,还提问了我两次,表扬我答得真棒。我忐忑不安的心才稍稍放松下来。

午饭后,我想早点到学校玩会儿,脚刚迈出门槛,却一头撞在一个人身上，一瞧，吓了一跳，是王老师！她正笑眯眯地看着地面上我画的那些画儿，虽然画面已模糊不清了，但痕迹还在。

"嗯，是你画的吧？真好看。"王老师说，"你是什么时候学的呀，连老师都不知你有这个特长，我看，你加入我们班的板报小组吧，专门画插图。"

那一瞬，我的脸涨得通红，想起同学骂我"小偷"的话，想起那些藏在墙洞里的彩色粉笔，内心羞愧不已。

"我刚才去供销社买了点东西，路过这儿，听同学说你画一手好画儿，就来瞅瞅，还真是这样。对了，我这儿有一盒蜡笔，是奖励给你的，好好画，将来争取当个画家。"说完，王老师一笑，摸摸我的头，走了。留下我一个人，呆在那儿，好久，如在梦中一般。

从那以后，我再也没有往家中拿一支彩色粉笔，办完黑板报剩下的粉笔头，我都小心地放到粉笔盒里，不敢有丝毫的贪念。

如今，我虽然没能成为一名画家，但在我的语文课上，板书时我还是经常用彩色粉笔，学生们都说："哇，老师，你写的字真漂亮！"

每每此时，我总是微微一笑，拿起一支彩色粉笔，转过身一笔一画地写起来，有时还忍不住秀几手简笔画。那种感觉就像小时候，我在街门前的地上信手涂鸦，画出的却是世界上最美的图画。

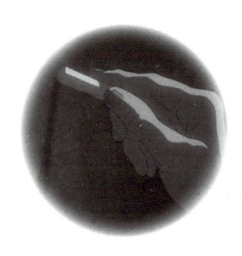

一颗苦味糖

那两颗糖果被我握在掌心,一颗是菠萝味的,一颗是水蜜桃味的,糖纸上印着这两种水果的图案,花花绿绿的,看着就让人垂涎欲滴。糖是老师奖励给我的,原因是我采集的种子数量最多,本来老师说好了采的多的每人奖一颗糖,却意外给了我两颗。

老师还说,那些偷懒的同学是没有资格吃糖的,大家要记住,劳动的果实最甜,那是用汗水浇灌出来的,就像你们手中的糖。老师说这话的时候,我偷偷瞄了一眼同桌小丽,她用手捂住眼睛,泪水沿着手指缝淌了出来。那次,全班只有两个人没上交种子,一个是腿脚不好的小栓,另一个就是小丽了。小丽的父亲是学校里给老师们做饭的老陈头,她学习好,长得也漂亮,是副班长,按说她是不会逃避学校布置的劳动任务的。但事实上她连一粒种子都没交上来,让同学们大感意外。

那年秋天,老师在班上说上级号召我们采集棉槐种子。棉槐是我们那儿很常见的一种丛生灌木,沟渠边,河堤上,铁路两侧,以及田间地头,到处可见它们挺拔的身影。棉槐是编筐编篓的好材料,根系发达,又是很好的水土保持植物。老师最后说:"同学们,'植树造林,绿化祖国',是我们每一个人的义务。我们一定要多采种子,采好种子,以实际行动支援我们国家的'四化'建设。"

老师的一番话,说得我们热血沸腾。每天一放学,回家将书包一扔,就提着布袋子出了门。秋天的原野,已是一片萧瑟景象,草木摇落,万物凋零,别具一种凄清之美。但小孩子是不会在意这些的,我们的眼里只有棉槐,踮着脚尖将棉槐枝条弯折下来,一把把捋下种子,往袋子里塞。虽然棉槐很多,无奈采种子的人也多,往往晚一步就被别人捷足先登了。结果,几天过去了,我采的种子还不到半口袋。星期天下午,我把晒干的种子让母亲用簸箕收拾干净,就显得更少了。攥着空瘪瘪的口袋,连我自己都不好意思了,就采了这么点种子,肯定会让同学笑话的。

那天看看天还没黑,我决定抓紧时间再出去采一点。提着袋子出了门,经过学校时,我随意往里瞅了一眼,突然发现水泥地上摊着一层黑黑的东西,再一瞅,我的心一跳:竟然是棉槐种子。我站在那儿,见四周无人,脑海里一个念头一闪,竟挪不动步子了。稍一犹豫,我突然飞奔过去,蹲下身将种子快速收进口袋里,然后,一溜烟地跑回家去了。

第二天,我提着沉甸甸的口袋走上讲台,看着老师过秤,心里美滋滋的。但当我回到座位上时,才发现小丽无精打采地坐在位子上,眼睛红红的,似乎刚刚哭过。她同桌正抚着她的肩头,小声安慰她:"别哭了,还是跟老师说声吧。真的,谁偷了你的种子,让他不得好死。"一听这话,我的头"嗡"的一声,我才知道那些种子原来是小丽的。

那一天,我心神不宁,眼前一直浮现着小丽哭红的双眼,老师奖励的那两颗糖,我也没有拿出来,一直紧紧攥在手里。下午放学后,我趁小丽不备,偷偷将那颗菠萝味的糖塞进了她的书包里。

晚饭后,写完作业,我回到房间,剥开了那颗水蜜桃味的糖,塞进嘴里,立时,一股苦涩的味道弥散开来。我想起老师的话:劳动的果实最甜,那是用勤劳的汗水浇灌出来的……

房间里没有开灯,黑暗如一条鞭子缠绕过来,让我艰于呼吸。那颗糖在嘴里慢慢融化了,却是那么苦,那么涩……

父爱如山

从小，我就是个听话的孩子，从不惹是生非，学习又好，父母一直引以为骄傲。虽然出身于农家，但我的父亲当过老师，后来在一家乡镇企业当厂长，便有同学戏称我为"厂长公子"，这让我很受用，虚荣心得到了极大满足，有时不免有些踌躇满志。

到了初三下学期，记得是一个初冬的日子，放学后在操场上打篮球，因为防守中无意中打到了同学的脸，他竟然破口大骂起来，我当然也还口了。对骂中他突然说："你得意啥，你爹是贪污犯，看着吧，过不了几天就会进局子……"我一听这话就愣住了，同学父亲是镇上的干部，他这样说，肯定不会是空穴来风。

那天，走在回家的路上，我的腿像灌了铅，一步一步往家挪。我想起来了，怪不得这些日子父亲一直在家歇班，虽然表面上一副若无其事的样子，偶尔来了兴趣还写写毛笔字。但我却越瞅越觉得有问题，以往父亲每天早早就骑着自行车上班去了，回家后经常说说厂里的事情，眉飞色舞的，滔滔不绝。而现在，他却只字不提厂里的事了。

父亲为人耿直，从不贪小便宜，在厂里人缘很好，他虽然当厂长，但我们家的生活并不比村里其他人家好，父亲怎么会贪污呢？……但不管怎么说，这件事却让我坐立不安，所谓人言可畏，若真是这样，我还有什么颜面在同学面前出现？同时,我也有些担心父亲,怕他真的有一天会被抓走。但前者的分量可能更重一些,尤其对一个敏感、自私、虚荣的少年来说。

那段日子里,我情绪低落,神经高度紧张,晚上噩梦连连,醒来后常常出一身冷汗。那真是一段难挨的日子,我心灰意冷,不知如何排解心中的恐惧,表面上强作欢颜,暗地里却开始自暴自弃,逃课,抽烟,打架什么的,这些恶习我竟都染上了。我体验到了一种全新的生活,颓废却刺激,从而得以暂时忘却父亲被审查带给我的阴影。

我的这种变化当然逃不过父亲的眼睛。有好几次,我发现他踱到我的书桌前,默默地站一会儿,每次都是欲言又止。这更加重了我的疑虑,我觉得父亲或许真的如传言所说,做了什么不好的事情。我冷眼看着他,不说话,心里却在翻江倒海。

终于,有一天晚上,天很黑了我才回家,一进门,却见父亲坐在我的书桌前,低着头,在翻看桌上的书。书桌的抽屉半敞着,我一眼就看到了里面那包抽了一半的烟。

听到脚步声,父亲转过头,看着我,突然说:"下午,我碰到你们杜老师了……"他盯着我的眼睛,"怎么,最近有什么压力了？"他说的很慢,很艰难,眼中掠过一丝不易察觉的痛苦神色。

我的心不由颤抖了一下,却说不出话,只轻轻点了点头,泪水不可遏制地涌了出来。

这时,父亲站了起来,走到我跟前,伸出手,在我的肩头上用力拍了拍,一字一句地说:"儿子,相信爸爸,也要相信你自己。清者自清,浊者自浊,不要在意别人说三道四。"说完,他摸摸我的头,走了。

我站在那儿,回味着父亲的话,感受着刚才他温暖的抚摸,一股暖流倏地涌遍了全身。是的,我怎么能怀疑父亲的品行呢？认真想想,在成长的道路上,父亲的正直、善良、坚韧,一直在陪伴着自己,从来不会偏离正常的轨道。我应该相信这一点的！

　　果然，过了几天，父亲上班了。生活又恢复了往日的平静，一切跟从前没什么两样。我也慢慢疏远了那几个朋友，回复到正常的生活轨道上来。我的脸上时时浮现着笑容，目光清澈、笃定，多了几分自信，少了几分轻狂。

　　感谢父亲，是他那大山般深沉的爱，让我在瞬间长大了。

母亲的风车

　　春风是一双看不见的手，轻轻抚过脸庞，暖暖的，柔柔的，带着一股清新的泥土气息，以及新萌发的植物的芳香，让人想到了母亲的手。而母亲的手是神奇的手，总会制造许多惊喜，譬如在春风中飞转的纸风车。

　　那一架架纸风车就转动在童年，转动在岁月深处，成为一代人的共同记忆。只是在当时，我们不叫它风车，叫"转转"，名字是土气了一些，但对于五六岁的小孩子来说，拥有一架别致的"转转"，却可以成为小伙伴羡慕的对象。限于条件，"转转"的制作相当简陋：一根细木棒，两片方形硬纸壳，一截细高粱秸秆，两端用刀劈开一条缝，将硬纸壳一上一下错落插入，然后用缝衣针缝结实。硬纸壳上大多会涂上颜色，颜色可根据实际情况而定，最后将高粱秸秆的中间用一枚铁钉或细扫帚枝固定在木棒上。这样，一架纸风车就做成了。

如果再讲究一点，将硬纸壳换成厚的方形纸张，把角对折后裁开，再把不相邻的4个角依次折回，然后用钉子或细扫帚枝穿过中心。这种风车花样复杂，转动起来别具特色，但缺点是不够结实，遇到大风会被吹坏。纸风车做好后，最后一道工序是在纸壳上上色，一般是红或绿等鲜亮的颜色，这样风车转动起来花花绿绿的，格外好看，在冬天寂寥的大街上，或在初春料峭的寒风中，伴随着孩子们的欢声笑语，成为大街小巷中一道美丽的风景。

在我儿时的记忆中，母亲曾为我做过一架风车，那也是她至今为我做过的唯一的一件玩具。那时，我大约五六岁，由于父亲在外地工作，体弱多病的母亲拉扯着我们兄妹三人生活，很辛苦。记得是开春后不久，母亲患了重感冒，头晕得厉害，躺在床上，虚弱不堪。当时因为小，并不知体恤母亲的痛苦，反而没心没肺地跟母亲要这要那，得不到满足就哭闹。那天上午到外面玩时，看见所有的小伙伴人手一架纸风车，在风中飞跑着，风车"呼啦啦"转动起来，让我眼馋不已。

回到家，我便缠着母亲要风车。看着泪眼婆娑的我，母亲被缠不过，叹一口气，挣扎着起来，找来针线，硬纸壳，高粱秆，开始做风车。母亲做的是最简单的那种，不成想，在用刀片割高粱秆时出了意外，由于在病中的缘故，她的手上没有力气，一不小心刀片在左手的食指上割开了一道口子，血一下子就涌了出来，滴落在硬纸壳上。母亲轻叫了一声，脸色苍白，下意识地用右手捏住伤处，将手移开，血仍没止住，又滴落在另一张纸壳上。母亲急忙找出一块布条，将伤口包扎起来，然后，看着染了血迹的两块纸壳，笑了，说："我正愁没有涂色的东西呢，这下好了，倒省事了。"

我在一边看得目瞪口呆。要在平时，我肯定会嫌母亲做的风车不好看，怕小伙伴笑话，但当时我的心中却只有震撼了，想到刀片割破手指的疼痛，就不寒而栗，并平生第一次为母亲感到了心疼。

那天，我举着染了母亲鲜血的风车，穿行在大街小巷中，一点都没有感到难为情。与小伙伴们的风车相比,我的那架转动起来,毫不逊色。甚至,还要美,美得惊心……

此时,我们一家3口正陪着母亲逛利群商厦。在商厦门前的广场上,5岁的女儿看中了摊位上那些花花绿绿的塑料风车,跟母亲要。母亲满脸含笑,马上掏钱买了一架红色的,女儿举在手中,跑了几步,风车就呼啦啦转动起来,跑得越快,风车转得越欢。女儿兴奋得满脸通红。

而我,却不由得想起了那年春天,想起那架浸染着母亲鲜血的纸风车,心中翻涌起感动的潮水。我悄悄牵起母亲的手,看着她头上的白发,真想轻声问她一句:"妈,你还记得小时候为我做的那架纸风车吗?"

可是,我张了张嘴,却没发出一点声音。初春天气,乍暖还寒,料峭的春风中,女儿手中的风车仿佛一团火焰,点燃了我的记忆,在越来越清晰的画面中,小小的我举着母亲做的纸风车,奔跑着,像一个快乐的精灵……

会唱歌的皮手套

一副皮手套,一支老歌,经常突兀地出现在脑海中。记忆深处的那个清晨,也因为这副会唱歌的皮手套,而充满了绵绵不绝的温暖。

那是隆冬时节,一个很普通的日子。早饭时,天还没亮透,窗玻璃上结了厚厚一层窗花,风在外面嘶吼。屋内,氤氲着层层热气,一家人在炕上,围着小炕桌吃饭。饭是家常饭,玉米面饼子,玉米面粥,就着咸菜。北墙角上有一张三屉桌,上面摆着一台收音机,正在播着新闻,音量不大,有些"咔咔"的杂音。

因为急着上学,我没有上炕,而是站在地上,伸长胳膊去夹咸菜,手背上的冻疮被扯得生疼,裂开了口子。坐在炕头上的父亲看了我一眼,目光停留在我的手背上,但什么也没说。

父亲吃饭速度快,吃完后,他放下筷子,并没像往常那样慢条斯理地抽一支烟,而是不声不响地跳下炕,趿拉着棉鞋,走到墙角的三屉桌旁,拉开抽屉,从里面拿出一副九成新的皮手套,黑色的,里面是柔软的羊毛。这是父亲最喜爱的一副手套,平日里宝贝般收在抽屉里,只在外出办事时才戴。平时他总是戴一副很旧的棉手套,油腻腻的,还露着棉花。

父亲拿着皮手套,在手中拍了拍,顺手递给我,说:"给你吧,你看看你那手,冻的什么样? 这么大的人了,也不知道爱惜自己。"他的语气中有几分埋怨,却又格外慈祥,与平时的严厉判若两人。

我愣了一下,忙不迭地接过来。以前,我就曾趁他不注意,偷偷试戴过这副手套,伸到亮处翻来覆去地端详,做梦都想拥有它。没想到,这个寻常的冬日早晨,在毫无征兆的情况下,我的梦想成真了。我将手伸进手套里,立时,一股暖融融的感觉传遍了全身。

父亲的脸上毫无表情,回到炕上,点了一支烟,顺手将收音机的音量调大,到了父亲最爱听的"每周一歌"时间了。音乐响起,一个浑厚、抒情的女中音,在唱着一支很好听的歌:"鼓浪屿四周海茫茫,海水鼓起波浪……"那一瞬,我的心突然一颤,歌中传达出的一种说不出的情愫,让我一下子屏住了呼吸,凝神谛听,"鼓浪屿遥对着台湾岛,台湾是我家乡……"平时并不喜欢唱歌的我,竟一下子被这首歌吸引住了,站在那儿,静静地听着,甚至连上学都忘了。待听完节目,我才注意到上学要晚了,急忙推出自行车,匆匆往学校赶。

路上,风在耳边呼啸,我戴着皮手套,不时抬起一只手,嗅嗅手套那种好闻的皮革味道,觉得浑身是劲,将车子骑得飞快。同时,耳边一直响着那支优美的旋律:"我渴望,我渴望,快快见到你,美丽的基隆港……"歌声仿佛是从皮手套里传出来的,我的手、我的全身都充溢着融融暖意。到学校时,我竟然能完整地将那首歌哼下来了。

后来,我才知道,那首歌的名字叫《鼓浪屿之歌》,好像并不太有名,内容跟一副皮手套更是风马牛不相及。但在那个清晨,这首歌却走进了我的心灵,让我一生难忘。究其原因,该是缘于那副皮手套吧,贫寒的生活中,微不足道的一件礼物,却可以让一个少年的心中阳光明媚,从而喜欢上一首不期而遇的歌,喜欢上那简单却美好的生活。

转眼间,20多年过去了。一直难忘父亲的那副皮手套,那副会唱歌的皮手套,在当时和此后的严冬里,它仿佛一直戴在我的心上,温暖着我,给我爱和力量。

第四辑

岁月深处的灯光

有这样一种爱

　　我有一位朋友，经营着一家广告公司，虽然算不上太成功，但也有上百万的身家。朋友是个苦孩子，上初中时就没了父亲，母亲一直未改嫁，靠侍弄几亩薄田，打短工供他读书，孤儿寡母的，生活的极其艰难。

　　朋友从小就是个懂事的孩子，又天资聪颖，大学毕业后放弃了保送读研的机会，应聘到一家公司做销售。后来，辞了职自己创业，经过一番打拼后，在当地商界崭露头角。

　　有一次，我陪他外出办事，返回的途中，他突然说要回老家看看老母亲。朋友是个孝子，我早就听说他几次把母亲接到城里的家中，但老人适应不了城市生活，没几天就嚷着要回去。没有法子，朋友便只得经常往回跑。

　　临走时，他到超市里买了一点肉，两条鱼，还有几包点心，花了不到30元钱……见我满脸的疑惑，他只是笑了笑，没说什么。快到他家时，他突然在路边停下车子，从兜里掏出钱包，将所有的零钱拿了出来，想了想，转向我，轻声说："借我点零钱。"我一愣，拿出钱包，将所有的零钱掏出来，递给他。他却将10元、20元的还给了我，只留下那些1元和2元面值的，仔细地整理好。我一时不解，问他："你要这些零钱做什么？"

　　"给我妈。"他淡淡地说。

"给你妈？"我不由瞪大了眼睛，看着他钱包里那厚厚的一沓百元大钞，不知他葫芦里卖的什么药。这与他平日里出手大方、豪爽的风格相比，竟是大相径庭。难道说这其中还有什么隐情？

"噢，是这样，"他抬头看了我一眼，似乎看出了我的心思，轻声解释说，"以前，我刚有钱的时候，每次回家给我妈钱，顺手扔下的就是千八百块的，可我就从没见她花过。相反，隔一段日子，她就会把攒起来的钱原样不动给送回来，说我在城里生活，用钱的地方多。我买回的那些鱼呀、肉呀什么的，她也舍不得吃，而是送到邻居家冷冻起来，说等我回家的时候再吃。一个人多年来养成的节俭习惯是很难改变的。后来，我逐渐摸出了一些门道，带回家的东西刚好可以吃一两顿，给她很少一点零钱，她才会高兴地接受……"

那天，朋友还用一个很旧的塑料袋包了一大包干海参，对母亲说那是为她打听到的偏方，能治她多年的腰腿痛，并告诉她用暖瓶泡发那些虫子的简易方法。朋友偷偷对我说，如果不采用这些瞒和哄的法子，老人是断不会吃他买的这些贵重食品的。

离去的时候，我看着坚持将我们送到村口的老人，夕阳的余晖中，老人花白的头发在晚风中飘扬，与村子上空弥漫着的炊烟交相映衬，构成了一副极美极温馨的画面，一时竟让我唏嘘不已。

这个世界上，原来还有这样的一种爱：小时候，年轻的母亲将一分一分的血汗钱攒起来，换成大钞，为你交学费；长大以后，儿女将大票换成零钱，只为让母亲花的安心……这样的一种爱，还能够用语言表达出来吗！

爱，在等你回家

　　上初中时，受周围同学的影响，我爱上了养花。那时候养花都不讲究，随便找个瓦罐、破瓷盆什么的，栽上几株草花，就可以高高兴兴地养起来，花也不求名贵，只要能开花就成。现在想来，养花既是爱美的天性使然，但也不排除有虚荣的成分，当时只要谁家养了一盆好花，在班上是很受人羡慕的，放学后也常常有同学结伴去观赏。

　　当时我们每个班门前都有一个花坛，全班人一齐动手打理，花苗是同学从家里带来的，菊花、一串红、鸡冠花、百日草、海棠、满天星等等，中间栽几株月季，到了开花时节，花坛里一片姹紫嫣红，蜂飞蝶绕，芳香扑鼻。每天早上到校后，时常会见到同学的桌洞里有用塑料袋包着的一坨泥块，那是用来交换的花苗，同学间互通有无，也在无形中加深了友谊。我最多的时候曾养过10多盆花，在院子里摆了一长溜儿，担心被鸡啄食，我还用细树枝围了一圈栅栏，每天浇水，捉虫，忙得不亦乐乎。我的这个小花园也经常吸引同学来参观，一群人叽叽喳喳的，评头论足，很是热闹。

　　但父亲强烈反对我养花。父亲说我这是玩物丧志，长期下去势必会影响到学习。每次看到我在侍弄那些花草，他就横眉竖眼，甚至数次扬言要拔了我的花。十四五岁的年纪，正处在叛逆期，对父亲的粗暴言行相当抵触，我们间的小摩擦不断，经常闹得不欢而散。

　　但让我没有想到的是，那次期中考试，我的成绩在班里下降了几个名次,父亲不知通过什么渠道听说了,大光其火,晚饭时狠狠数落了我一通。我低头不语,心中是有几分悔意的。但是,当第二天下午放学,一进家门,我突然发现自己的那些宝贝花草不见了,原先摆放花盆的地方打扫得干干净净,只在墙角处堆着一捆细树枝,以及撂在一起的瓦罐、破瓷盆……我一时目瞪口呆,血一下子冲上脑门,脸涨得通红。过了好长一会儿,我才回过神来:父亲果然拔了我的花,连一棵都没留。

晚上,我没吃饭,谁叫都不听,早早上床睡了。第二天,我趁母亲不注意,带着自己的换洗衣服到了学校,找到班主任办理了住宿手续。当时,我们班有不少离家远的同学在学校寄宿,我也早就有心想住校了,经此变故,正好给了自己一个理由,我宁愿吃再多的苦,也不想见到父亲那张凶巴巴的面孔了。至于生活费,也难不倒我,我有压岁钱可暂时支撑一阵子,然后就让同学代我回家跟母亲或祖父要,吃饭应该是不成问题的。

下午放学时,我让同学到家里跟母亲打了个招呼,母亲虽然很伤心,但也没有办法,据说父亲在一边勃然大怒,将手中的茶杯摔了,还让同学捎话给我,说有本事就永远别回家。虽没亲见,仅根据同学的讲述,也可想象到父亲当时生气的样子。

转眼间两个月过去了,我咬着牙坚持没有回家。期间母亲到校叫了我几次,我都拒绝了,虽然内心早就有了动摇,只是碍于情面,才硬撑着。我要证明给父亲看,离开家我一个人照样能行。

一个周末的下午,空中飘着蒙蒙细雨,放学后我一个人在空荡荡的宿舍里,突然产生了一种莫大的空虚感,寂寞像一只无处不在的怪兽,攫住了我的心。我开始想家了。正在这时,有人敲门,打开门一看,是大姑。大姑打着一把伞,头发已被雨淋湿,正和蔼地瞅着我笑,那笑也是湿漉漉的。大姑说:"我这几天才听说这事,真想不到,你这孩子还有这样大的气性。"大姑笑着,进了屋,看着空空的屋子,又说:"收拾一下跟我走吧,明天是你爷爷的生日,我们一块儿回去吧。今晚先到我那儿。"

不知为什么,听大姑这么一说,我竟什么也没说,乖乖地背起书包跟她走了。第二天,我和大姑一起回了家,路上,心中忐忑不安,还有些难为情。到了村口,我站住了,犹豫着挪不动步子。大姑笑着拉了我一把,说:"快走吧,你这孩子,怎么这么扭扭捏捏的。快点,家里都等着咱呢。"

我是跟在大姑身后进的门,一抬头,眼前的一幕让我惊呆了:正是初秋时节,院子东墙角一片花团锦簇,各种各样的花正在怒放,其盛况丝毫不亚于从前,尤其是几盆菊花,黄、白、红、紫,像一片五彩云霞,映亮了我的眼睛。父亲提着一把喷壶刚刚浇完水,正抬腿从围着的一圈栅栏中出来。看到我,父亲一愣,脸上顿时现出一种很古怪的表情,随即掉转头,快步进了屋子。我站在那儿,一时恍如置身梦中。

所有人都友好地跟我打着招呼,冲我微笑。只有父亲一个人坐在一边,默默地抽着烟,眼中却有一股掩饰不住的温情在流淌。

站在小院里,阵阵花香扑鼻,混合着饭菜的香味,还有亲人的微笑,让我倍感家的温馨、美好。我的眼睛一阵酸涩。

我抬起头,微笑着,一步一步向父亲走去,我想对他说:"爸,谢谢您,我回家了。"

瓜皮和瓜瓢

我第一次吃西瓜,是 20 世纪 80 年代初。我记得那天是中秋节,父亲从单位回家,车后座上的蛇皮袋里装了个圆溜溜的东西,是西瓜。那时西瓜还是稀罕物,我只在图片上见过,绿皮,红瓤,瓤上点缀着黑黑的种子,一看就让人垂涎欲滴。

父亲打来一桶水,将西瓜浸在里面,说等到晚上吃。父亲刚离开,我和弟弟妹妹就围了上去,小手按在那个圆溜溜的大东西上,看着它在水中一起一伏,喉咙里仿佛有一只小手,在不停地挠呀挠。我们一边说笑打闹着,一边不时地抬头看看西方的天空,恨不得天马上就黑下来。

其时,母亲在厨房里煎茄合和土豆合,忙得不亦乐乎。这是母亲的拿手菜,煎得又黄又脆,让人百吃不厌。但那天因为有了西瓜,就让我们的注意力全转移到西瓜上了,只盼着快点开饭,好尝尝那大西瓜的味道。

本来父亲说好的,饭后再切西瓜,边吃边赏月。但小弟等不及了,吵闹着要吃西瓜,不然他就不吃饭。祖父一向宠小弟,看他实在馋得不行了,就说:"那就先吃瓜吧。"话音刚落,小弟像弹簧一样跳了起来,小跑着到水桶边,吃力地将西瓜抱了出来,乐得合不拢嘴。西瓜一切开,我们3个孩子就抢先动了手,院子里顿时响起一片"咔嚓"声,那副吃相让人想到小人书里的猪八戒。

那个西瓜可真是甜,薄薄的皮,红沙瓤,瓜汁流到手上,黏黏的,舔一下,那手也变成了甜的。当母亲上完菜时,桌上的西瓜已一块不剩了,只留下一堆狼藉的瓜皮。见母亲坐下,父亲说:"你们这几个馋鬼,也不知道给你妈留一块。"

"没事,没事,"母亲笑了,说,"看你们吃的,这不是还有红瓤吗?扔了多可惜。"说着,母亲拣那些没啃净的瓜皮,啃了起来。我们在一边看着,有些不好意思了。小弟说:"妈,等我长大挣钱了,天天给你买西瓜吃。"小弟天真的一番话,说得全家人都笑了。

就是那些吃剩的西瓜皮,母亲也没舍得扔,洗净后,腌在咸菜缸里。后来,看到母亲吃窝头时,就着腌好的西瓜皮,"咔嚓咔嚓"吃得很香,惹得我和小弟也忍不住夹起一块,放进嘴里一嚼,又咸又涩,当场就吐了

出来。而母亲却甘之如饴。

这就是第一次吃西瓜留给我的印象，一个大西瓜几乎全进了我们兄妹的肚子，母亲只能啃啃瓜皮。那天，全家人说说笑笑，过了一个特别有意义的中秋节。

后来，生活慢慢好了，西瓜什么时候想吃都能吃到，但不知为啥，却再也吃不出当年的那种味道了。

前些日子母亲过生日，正值周日，我和弟弟、妹妹一家，浩浩荡荡回到老家。老屋立时热闹起来，大人笑，孩子叫，乱成了一锅粥。母亲的兴致特别高，在厨房里忙了一头大汗，却不忘抽空出来抱抱这个，摸摸那个，满脸的皱纹舒展开了，笑成了一朵秋天原野上的野菊花。母亲做了满满一桌菜，仍嫌少，还要炸茄合、土豆合，说孩子们爱吃。进厨房前，母亲说："你们先慢慢吃着，我很快就来。"说完就一头扎进厨房去了。

天很热，桌上的菜热气腾腾，泛着油花，看着就没有胃口。倒是桌子边上的一盘凉拌菜引起了大家的兴趣：红红白白的，细长条，上面点缀着几片香菜叶。"这是啥？"馋嘴的小弟抢先挟起一片，丢进嘴里，"哇，甜的，好吃！"他又夹起一筷子。

"怎么，看不出来？这是西瓜皮，你妈不舍得扔，洗净，去掉外面的硬皮，用盐卤一下，加白砂糖，少量醋，吃了开胃。这些年，你妈就爱吃这菜。"父亲说，"你们也尝尝，怎么样？"

所有的筷子一齐伸过去，我夹起一块，放进嘴里一嚼，又凉又脆，酸酸甜甜的，味道果然不错。当母亲满头大汗端着炸茄合出来时，那盘凉拌西瓜皮已被吃光了。母亲看着空空的盘子，笑了，说："你们怎么也爱吃西瓜皮了。当年，你们可是连瞅都不瞅一眼的。"说着，母亲坐了下来，顺手拿起一块孩子咬了几口的西瓜，啃了起来，吃完抹抹嘴，说："还是瓜瓤好吃啊。看看你们，只咬几口就不吃了，多可惜……"

我和弟弟、妹妹面面相觑，一时都有些百味杂陈：小时候吃不起西瓜时,母亲只能吃西瓜皮;现在生活好了,母亲爱吃凉拌西瓜皮了,却被我们一抢而光,只能吃孩子吃剩下的瓜瓤……

这其中的意味,不是很耐人寻味吗?

水杯中的父爱

很多年过去了,那只白瓷杯在空中划过一道弧线,亲密接触到我的额头后,在地上摔成碎片的情景,仍时时浮现在眼前。

当时,我正端着一杯水,轻轻推了推醉酒的父亲,想让他喝口水。不料,父亲却粗暴地一挥手,打飞了我手中的杯子,我只觉得额头上一阵刺痛,接着便有热乎乎的液体渗了出来,下意识地用手一摸,黏黏的,再一看,是血……那一瞬,我的心凉凉的。虽然我知道父亲是将我当成了母亲,是误伤,但额头上那道淡淡的疤痕,却让我从此对父亲心存芥蒂。那年,我刚上初一。

父亲年轻时好酒,酒量又不济,常常喝得酩酊大醉,醉后就乱发脾气。而母亲对父亲醉酒深恶痛绝。小时候,放学回家,只要一见到母亲盖着被子躺在炕上,地上有摔碎的盘、碗,便知道父母又吵架了。因为我是老大,弟弟妹妹尚小,只能由我来收拾残局,打扫完了,还得做饭。一颗幼小的心沉浸在无边的悲凉中,也没来由地对那杯中之物恨之入骨。

但我做梦都没有想到,父亲随着年龄渐长,又有高血压的老毛病,就慢慢地彻底戒了酒。倒是我，参加工作以后，尤其是近几年，醉酒竟也成了家常便饭。为此，也没少受妻子和女儿的抱怨，但人在酒场，身不由己，为人又实诚，宁伤身体，不伤感情，特别是与知己好友在一起时，更是几乎逢喝必醉。

去年的腊月二十四，我在单位值班。中午被几位要好的同事拉到一家小酒馆喝酒。放了假，又临近春节，一时兴起，几个人都喝多了。而我更是醉得一塌糊涂，连什么时候回到单位都不知道。

不知过了多久，迷迷糊糊中，听到有人在轻声叫我，接着一只杯子触到唇上，口渴得厉害的我"咕咚咚"喝了几大口，用力睁开眼睛，不由吃了一惊：是父亲！再一瞧，自己躺在值班室的床上，往窗外瞅瞅，漆黑一片，只听到风在"呜呜"地刮着。我一激灵，翻身坐起，看着父亲，问："爸，您怎么来了……"我揉了揉眼睛，脑门在隐隐作痛。

"知道你今天值班，打了无数次电话你没接，怕你出事，我就过来看看。没事，喝点水吧，再睡一觉，现在还不到12点呢。"父亲淡淡地说着，又倒了一杯开水，放在嘴唇边吹着。

我的酒一下子全醒了。我知道老家离单位有20多里路，上了年纪的父亲骑着自行车，冒着严寒和大风跑来，天又黑，万一有个闪失怎么办？想到这些，我的眼眶一热，说："爸，我，您……"一时我竟不知说什么好了。

"不要紧吧，"父亲看着我，"要不要上趟厕所？"见我点头，他将我的羽绒服拿了过来，帮我穿上。拉开门，"呼"地一阵大风吹来，我浑身一颤。好冷的天，抬头看看天空，灰蒙蒙一片，只有几颗寥落的孤星，天上连片云彩都没有，仿佛都被这大风吹走了。

回到屋里，父亲看了看表，说："睡一觉吧。"说完，又倒了一杯水，放在我床头的桌子上，"口渴的话就叫我。"

我上床躺下，父亲在另一张床上，盖着一床薄被子，将自己的棉大衣搭在上边,蜷缩在被窝里。屋里冷得像冰窖。我的床上有电热毯,热乎乎的。

父亲关了灯,屋里便一下子陷入了黑暗。外面风似乎更大了。我却怎么也睡不着了,一动不动躺在床上,担心惊动父亲。我装着发出均匀的呼吸声,告诉父亲我没事,睡得很好。果然,不多一会儿,父亲的呼噜声响了起来。看来,折腾了大半夜,他的确是困了。

时间一分一秒地流逝,外间墙上的石英钟"嗒、嗒"地响着,这对我,却是一种折磨。想想自己这些年来在酒桌上的那些"壮举",真是汗颜不已。

要是依着父亲以前的性子,看到我醉成这个样子,不臭骂我一顿才怪呢。可这次,他却什么都没有说,只是关切地询问我的情况,担心着我的身体。难道说,在老去的父亲心中,我已不再是那个可以任意打骂的懵懂顽童,而是真正把我当成一个大人了么?……黑暗中,我坐起身来,伸手摸到了桌子上的水杯,端过来喝了一口水,然后,摩挲着手中的这只杯子,没来由地想起了那些陈年旧事,感到有一种疼痛从额头上隐隐传来。当然,不是为自己,而是为父亲,心里一直内疚不安,让他老人家为我担心,真是不应该。同时,它也让我明白了:无论时光如何流转,父亲的爱都从来没有远离。

第二天,我站在单位大门口,看着父亲有些笨拙地骑着自行车渐行渐远,眼泪终于不争气地涌了出来。我在暗暗告诉自己:从此以后,决不再喝醉了。

如今,大半年过去了,我真的再也没有喝醉过,有很多场合,甚至滴酒未沾。因为,在我的内心深处,一直有一个声音在提醒着:在慢慢老去的父亲面前,你要做一个清醒的、负责任的儿子!

两本小人书

我平生第一次买的书是两本小人书。一本《瓦岗寨》，一本《三打白骨精》。那年我大约八九岁，从没出过远门，就是离家仅 5 公里的公社驻地，一年也难得去一次。一个星期日，已记不清因为什么，父亲上班时把我带了去，我高兴极了。

那时父亲在公社里的工业办公室上班。公社大院有些陈旧，总共有四五排平房。院子里来往的人不多，静悄悄的。那是初夏时节，大院里的甬路两旁开满了鲜花，五彩缤纷，有很多是我从没见过的。父亲给我买了很多零食，后来见我太无聊，就给了我 1 元钱，让我到墙外的书店买小人书。

那是我第一次买书，面对一排排令人眼花缭乱的书，我的心激动得怦怦直跳。接下来几乎一整天我都是趴在大院里的水泥甬路上看那两本小人书。看属于自己的书果然感觉不一样，况且又是在公社大院里，周围鲜花怒放，蜂蝶乱舞，一切都让我感到又新奇又兴奋，心中溢满了幸福。那种感觉无以言表，且时间愈久，愈显出一种隽永的意味。那时父亲刚 30 岁出头，有着一份满意的工作，年纪轻轻，已有了这么大的儿子，还算聪明伶俐，在有人夸我的时候，父亲很是有些得意。

世事悠悠，白云苍狗。转眼间 20 年过去了。我参加了工作，后来娶妻生女，小日子过得还算可以。而父亲却下了岗，不得已在老家的南平房里开了家小杂货店,整天待在闷热的屋内,百无聊赖。从不抽烟的他,有一段日子居然抽起烟来。我见了很是有些担心。正巧那段时间接连发了好几篇稿子,双休日回家,我把样刊样报带了回去,让父亲在无聊时瞅几眼,希望能给他些许慰藉。在父亲翻阅报刊的时候,我举目窗外,院中的一株月季开得正艳……那一刹那,我的心中突然涌满了感动。我想起多年前那个鲜花盛开的日子,我在公社大院的水泥甬路上捧读新买的小人书的情景。我绝对没有感到,20年后,我会把自己写的稚拙小文送给父亲,以慰他失落、悒郁的心。细想起来,两者间是否存在一种神秘的联系呢?

爱是相通的。无论时光怎样流逝,也无论远隔万水千山,对于世界上善良的人们来说,爱心永恒,真情永在。

那两本小人书,记载着我最初的人生。我不敢说,那是我文学之梦的开端;也不能肯定,它们让我第一次感受到了父爱的存在。对我来说,它们的意义也许远不止这些。它们为我打开了一扇窗,使我看到了另一片精彩的世界,体验了一种崭新的生活,感悟了一些人间真情。

我别无他求,唯愿父亲能够快乐幸福。

鸡蛋的故事

一个鸡蛋是微不足道的,但在20世纪的70年代却是相当金贵的。那是事关一个家庭过日子的油盐酱醋的大事,马虎不得的。一个细心的母亲会对每一只母鸡的情况了如指掌,每天鸡窝里会有几个蛋,她是早就算计好了的。

那时,他只有8岁,母亲体弱多病,而齐刷刷的5个孩子让原本就贫寒的家庭更加捉襟见肘。母亲的脾气又不好,动辄就会发火,他们兄妹几个都很怕她。

他虽然年龄小,但人小鬼大,心眼特别多,在家里表现得很乖巧,经常争着帮母亲干家务,嘴巴又甜,哄得母亲很开心。但到了外面,他却仿佛变了一个人,跟一些大孩子混在一起,经常惹点小祸,像偷瓜摸枣什么的,更是家常便饭,每每让人找到家门上,他总是死不承认,每次总能信誓旦旦地找出理由。对他这种小儿科式的抵赖,大人们往往一笑了之,没人跟他认真计较的。但母亲却上了心,这么小的孩子小偷小摸已经要不得,还学会了撒谎,这还了得。她决定要好好管教管教他,却苦于一直找不到他的把柄。

有一天,吃过午饭,他急急往外走去,他早就和小伙伴们约好了要到池塘里去捉鱼,走到鸡窝前,他下意识地往里瞅了一眼,一只红皮鸡蛋映入了眼帘。他心头一跳,停下脚步,想偷偷把它拣出来,到野外用泥巴包起来,放进火里烧着吃。此前,他已经这样偷吃过几次了,母亲一点也没有察觉。

谁知,这次他的手刚伸进鸡窝,却见母亲从屋里出来了,他的脸一红,缩回手,若无其事地咳嗽一声,出去了。傍晚回到家,他被母亲堵在了屋门口,母亲面带愠色,问他:"你看没看见鸡窝里的那个鸡蛋?"

"鸡蛋?什么鸡蛋?我没看见。妈,你不是在怀疑我吧?"他嬉皮笑脸地说。

"肯定有只鸡蛋,说实话,是不是让你偷吃了。"母亲沉下脸,盯着他说。

"妈,真的没有,谁撒谎就是小狗。"他仍旧笑嘻嘻地说。

谁知这句话却惹恼了母亲,她的脸突然涨得通红,不由分说地一把扯过他,顺手拿起地上的笤帚疙瘩照着他的屁股就打,一边数落着:"我让你偷吃,我让你撒谎……"他感到屁股上一阵刺疼,不由得杀猪般哭叫起来,使劲扭动着身子,想挣脱出来。谁知这下更激怒了母亲,她用的力气更大了,他的手背上也挨了几下,手背立时肿胀起来。他哭得声嘶力竭。

　　直到一位来串门的邻居大婶闻声赶来,将他挡在了身后,母亲才余怒未消地住了手。但却没有让他离开,非要他承认偷吃了鸡蛋不可。邻居大婶见母亲火气很大,忙劝他赶紧认个错。迫不得已,他只得抽抽搭搭地承认是自己偷了鸡蛋,并保证今后再也不偷东西,也不撒谎了……母亲这才悻悻然放下了手中的笤帚疙瘩,但当天晚上却没让他吃饭,让他在门口站着,好好反思。

　　夜色慢慢淹没了一切,也淹没了他的心。那天他确实没有拿那只鸡蛋,可母亲怎么可以冤枉他呢?他饿着肚子站在凉风中,委屈的泪水打湿了胸前的衣服。

　　以至于很多年后,他对这件事仍然耿耿于怀。那天,母亲生病住院,在外面工作的他得知消息匆匆赶了回来,细想起来,他已经有大半年没有回家了,忙是一方面,更重要的是母亲留在他心里的阴影太重。年迈的母亲一见他,不由哭了起来,他也有些伤感。晚上,在医院里,母亲睡了,他和陪床的小妹在大厅里说话,说到母亲的坏脾气,他就说起了那只鸡蛋的往事,说他的委屈以及心中对母亲的怨恨。

　　可小妹听后,却沉默了,少顷,才说:"哥,关于那个鸡蛋的事,我听妈提起过。妈当时确实是冤枉了你,可她说她是故意那样做的,因为你以前就偷吃过几次鸡蛋,又老是惹祸,而每次你都会编很多理由,让妈无从下手。不得已,妈才想了那个法子,只是想给你个教训,她是怕你学坏……"

听了小妹一席话，他愣了，突然有片刻的恍惚。年少时的往事如云烟般在眼前一一飘过，他想起曾经的生活的苦，想起和母亲的恩怨，也想起内心里一直忽视的母亲的好。他的眼睛突然有些发痒。

母亲是他的继母，从他两岁起一直把他养大。可因为一只小小的鸡蛋，他却在心中记恨了她 30 多年。如今想起来，真是不应该。

好在，现在明白了还不晚，他还有机会对母亲说："妈，谢谢您这些年来对我们的爱。"

父亲的菜地

单位门前有块荒地，里面长满了草。一日，有位同事说我们种上菜吧，反正闲着也是闲着。于是，我们找来工具，翻地，起畦子，买菜苗，七手八脚地忙活起来。原以为这点儿小活用不了多少时间，没想到真种起菜来还颇费工夫。干完活，天已经黑了。洗了把脸，我揉着有些酸痛的胳膊，看着那一行行菜苗，突然想起父亲的那片菜地来。

结婚后，我在学校旁边找了一间房子，院子里有一小块地，荒草没过了脚踝。父亲看到了，说："这地荒着怪可惜的，可以利用起来种菜。"我笑了笑，没当回事。那时候年轻，人懒。

父亲在一家乡镇企业上班，中午有时到我那儿吃饭。一天，我午睡去了，父亲一声不响地在院子里拾掇起来。我知道父亲在刨地，但眼皮就是睁不开。下午上班时,见那块地已刨了起来,并打好了畦子。父亲要了一把备用钥匙,说明天正好逢集,我去买点菜苗,下班后回来栽上。

到了第二天,下午放学回家,一开门,眼前一亮:茄子、辣椒、西红柿,小葱,还有一畦黄瓜,一行行,一列列,煞是齐整,赏心悦目。妻子埋怨我,说:"你看你,爸年纪大了,还让他这么辛苦,这点小活,应该是你来干的。"

"谁干不一样,爸活动活动,对身体也好。"我狡辩道。

从此以后,父亲到我们那儿的次数明显多了,一进门总是一头扎进菜地,浇水、拔草、捉虫、施肥,忙得不亦乐乎,经常弄脏了衣服。有时,我不好意思了,想过去帮忙,父亲总是说:"去去去,睡你的觉去吧,下午还要上班呢。"我就乖乖地进屋睡觉去了,从来没想到父亲是否也需要休息。

在父亲的精心管理下,菜地里的菜苗一天一个样儿,茄子、辣椒、西红柿次第开了花,黄瓜上了架,蝴蝶、蜜蜂也来了,在阳光下翩翩起舞。原先荒凉的小院,现在一片生机盎然。晚饭后,我和已怀孕的妻子经常手牵手站在菜地前,指指点点,感受着生命成长的快乐。

那年一直到秋季,菜地源源不断地为我们供应着新鲜、无污染的蔬菜,尤其是那畦黄瓜,几乎全让妻子当水果吃了。每次听到妻子说还是自己种的菜味正、好吃时,父亲的脸上总是笑开了花,连连说:"那就多吃点,地里有的是。"饭后,一推开饭碗,他又到菜地里忙活去了,一边干活,一边轻声哼着歌。菜地里的父亲显得很年轻。

那应该是记忆中最温馨的一个画面吧,虽然物质生活贫乏,但有父亲的爱包围着,觉得很幸福。现在想想,我虽然从小在农村长大,但从来就没怎么正经干过农活,就连成家后,家里那些又脏又累的力气活,也总是少不了父亲的身影。

以前,总觉得对父亲来说,干点小活就跟玩儿似的,他身体好,人又勤快,闲着也发急。但现在看来,似乎是自己错了。

如今,我不过刨了一小会儿地,就累得上气不接下气,胳膊酸痛,衣服和鞋子也脏了。想必当年的父亲一定也感到很累吧。可是,为什么自己就从来没想到这些呢?

有些人,有些事,总要在身临其境之后,才能体会到其中的甘苦。时隔多年,想起父亲的那块菜地,我的心中就充满了自责和懊悔。

而我,已有很长时间没回老家了。我想,这个周日无论如何要回去一趟,我要亲口对父亲说一声:"爸,您辛苦了!"

有爱,就要表达

这些年,母亲节是越来越深入人心了。每年的这一天,连平日里没心没肺的女儿也会在放学时,神神秘秘捧几枝花回来,甜腻腻地祝妈妈节日快乐。每次,妻子总会感动得一塌糊涂。

可我的母亲根本就不知此节为何物,更遑论过节了。她是名普通的农村妇女,没有什么文化,爱唠叨,什么事都不讲究,特别容易满足。有时,如果不是双休日,连她过生日都不让我们回去。对此,我们也习惯了,毕竟母亲才 60 出头,身体棒棒的。

去年为照顾上小学的侄女,母亲搬到了城里,离我住的小区不远。但我去的次数很少,即便去一趟,也是吃完饭就走人,从没想过要陪她说说话。

今年的母亲节这天,正好我值班。到单位开了电脑,就沉溺在网络世界里,不知今夕何夕了。也不知过了多久,电话响了,一看是弟弟打来的,他说:"哥,你在那儿? 我在城里办点事,中午想到妈那儿吃饭,你们去不去?"

弟弟既然这么说,我也不好推辞,顺口说:"行,那你过会儿到单位接我吧,我在值班。"接着,我给母亲打了个电话,母亲说:"你有空吗? 有空就过来吧,我正好蒸了包子。"

弟弟接了我,又去我家接了我妻子和女儿,到了母亲家一看,妹妹一家也在,大人小孩挤在客厅里,热闹得很。母亲已做了满满一桌子饭,正在厨房里忙着蒸包子,脸上沁出一层细碎的汗珠……这是我们习以为常的一幕,从小到大,母亲一直是这副样子,忙忙活活的,鲜有闲下来的时候。

我和弟弟、妹夫坐在沙发上说话,孩子们在看电视,不时为争频道发生争执,吵得人心烦。终于开饭了,一家人团团围坐在桌前。母亲是最后一个上桌的,腰上的围裙也没解,抱起妹妹的孩子喂饭,小家伙不老实,在母亲怀里乱蹦,大声嚷嚷着什么,吐了母亲一身……没人注意这些,自顾自地吃着,就跟往常一样,不过是一次普通的家庭聚餐,热闹归热闹,实在也没什么特别之处。

但这时候,我女儿突然问了一句:"奶奶,你知道今天是什么日子吗?"

"哎,什么日子?"母亲放下怀中的小外甥,挨个看着我们,一脸的莫名其妙。

"奶奶,今天是母亲节。"女儿说,"我还给我妈买了花呢。怎么,您连这个都不知道?"

"噢,我……"母亲笑了,有些不好意思。

"怎么不知道,你奶奶昨天看电视时还念叨过呢。"这时,父亲在旁插了一句。

"什么节不节的,只要你们来了,哪天都是过节。"母亲瞪了父亲一眼,似乎有些嫌他多嘴。

我和弟弟互相望了一眼,有些尴尬。从小到大,我们一直在坦然地享受着母亲的爱,认为那是天经地义的。以前总是以为,朴实无华的母亲是不会在乎生活中的这些小节的,她也不需要那些在她看来是肉麻的亲昵表示,比如说母亲节的鲜花和祝福。可现在看来,是我们错了。母亲其实需要的很多,虽然她只是普通的农村妇女,可并不等于没有接受爱的能力。

说心里话,我们都是爱母亲的,只是……尴尬之余,我幡然醒悟:为人子女,千万不要自以为是地忽略母亲的需要,有爱就要表达。哪怕只是一句话,一个拥抱,于母亲来说,也是世上最美的礼物。

打开心头的死结

有些心结,很多年,甚至一辈子都无法打开,却往往被无意中的一句话,犹如钥匙找对了锁头,"咔嗒"一声,开了。

从小,他和父亲的关系就很微妙,平日里两人极少交流。性格不和是一方面,更多的是一种说不清道不明的隔膜,两人中间仿佛隔着一层若有若无的雾气,总无法深入到对方的内心。

父亲是个老古板,没什么文化,性子犟,认准了的事八头牛也拉不回来。从他上小学起,他的作文就写的很好,也萌生了当作家的梦,可初中时他提出要订几份文学报刊时,父亲一口回绝了,说读那些玩意儿有屁用,把书读好了,考个中专才是正道……诸如此类的事,不胜枚举。在父亲的心目中,甭管什么学,只要能考出去就行。

而尤其让他耿耿于怀的是,初中毕业那年,父亲一意孤行,逼着他报考了中专,而不是他踌躇满志想读的重点高中。以他的成绩,读了高中将来考大学,那是十拿九稳的事。

他也抗争过。然而,父亲却毫不松口,理由当然是充分的:当时村里几年才能出一两个中专生,初中毕业考上中专,吃国家粮,是每一个农村孩子的梦想。况且当时家境贫寒,他下面还有 3 个弟妹,都在上学,用钱的地方多着呢……对于这点,他自是心知肚明。可是,心理上总是接受不了,他总认为父亲不理解他,甚至根本就不爱他。是啊,父亲为什么要对他好呢,他只不过是……每每想到这些,他的心里一片冰凉。后来,他终究还是读了师范。没办法,谁让他摊上一个这样的父亲呢?

三年后,他毕业分配到一所乡村中学当老师。日子波澜不惊地过着,跟千千万万的普通人一样,工作,恋爱,结婚,生子,很快,十几年过去了,他的儿子也读初中了。人到中年的他,偶尔回首往事,心中总有万千感慨,光阴催人老啊,弹指一挥间,那些年少时的梦想和激情都已成了昨日黄花。尤其是最近几年,他的话越来越少,只一心一意地教书,品尝着生活的平淡无味,还有丝丝无奈。

他和父亲的关系仍像从前,不咸不淡的,有时两人即便坐在一起,也极少说话,顶多一个问一句,一个答一声,然后便是长时间的沉默。他确实不知该和父亲谈些什么,多少年了,他们像熟悉的陌生人一样,中间总隔着一层什么,怎么也冲不破。即便年近七旬的父亲已老态尽显,在他面前,目光中早就失去了早先的凌厉,但他就是对他亲近不起来。早些年的事，一桩桩，一件件，他都记在了心里。

那天，是父亲的生日，一家人吃罢饭，在沙发上说话。跟往常一样，他躺在不远处的床上打盹。他有午休的习惯，每天总要小睡一会儿，还有一点就是他和父亲之间实在无话可说。迷迷糊糊中，他听见父亲和儿子在那儿说话，父亲喝了酒，兴致很高，问儿子上学的情况，当听儿子说每天骑自行车上学有点累时，父亲突然抬高了声音，说："这么点路也累？你爸读师范时，也骑自行车，一个来回一百多里地呢……"父亲的语气中饱含着骄傲。

这时，坐在一边的母亲插了一句："可不是，当年你爸个子小，骑一辆'大国防'，脚刚刚够到踏板。你爷爷那个担心啊，从你爸出门时，就开始不停地看表，嘴里念叨着：'该到槐树沟了……该到松村庄了吧？……'每次都这样，很烦人。"

他却在一刹那愣住了，母亲无意中的这句话，突然让他心中五味杂陈，时光刷刷地倒流，往事一幕幕在眼前展开，历历在目，仿佛就在昨天。

他睁开眼，一眼就看到了父亲的背影，只穿一件破旧的背心，瘦小，佝偻，身上闪着油亮的光。稀疏的头发乱糟糟的，白得刺他的眼……

他翻了一个身，脸冲着墙壁，眼中慢慢有泪水涌出。那是平生头一次，他为父亲流泪。

父亲，是他的继父。

岁月深处的灯光

  漆黑的夜里,一缕昏黄的灯光从蒙着白纸的窗棂透出来,点亮了夜的眼睛。风在外面呼啸,星星在天上闪烁着寂寥的光芒。灯光下,小小的我坐在桌前,静静地看书、写作业,桌上一杯白开水,水汽在袅袅升腾……而在那些灯光的暗影里,有一双眼睛在默默地注视着我,让我感到一种温暖的存在。

  那所有的灯光,都出自父亲的手。最初的记忆里,家中的灯是煤油灯,也叫"洋油灯"。那时父亲在学校教书,他把用完的墨水瓶洗刷干净,用铁片卷一个带盖的圆管,再撕一片草纸或布条做灯芯,一盏简易油灯就做好了。煤油装在一个油腻腻的玻璃瓶里,放在小孩子够不到的地方,瓶里的油快干了,随时可添加。那时,家家户户的墙壁上都有一个灯窝,报纸糊的墙,烟熏火燎的,已辨不清上面的字迹,而灯窝处尤甚,糊的报纸被火苗燎的焦黄,上面有层厚厚的灰垢。

  我刚上小学时,家中一直在用这种自制的油灯。每天晚上写作业时,一灯如豆,黑烟缭绕,往往熏得鼻孔发黑。加上年龄小,自制力差,一不小心就会碰倒油灯,煤油洒了一桌,将课本洇湿了,那种浓烈的煤油味就再也清除不了了。不过,最糟糕的还是在打瞌睡时,头一点,额前的头发就焦了……所幸的是,父亲在我学习时会不时过来巡视一番,为油灯添添油,用一根针将灯芯挑亮,更多的还是不经意间摸摸我的头,或者拍拍我的肩,然后悄悄离开。每当此时,我的精神就会一振,用手揉揉脸,继续写作业。如果晚上学习时间长了,第二天早起,会发现两个鼻孔黑黑的,是油灯熏的,常惹得父亲和家人哈哈大笑。

在我上二年级时,父亲为我买了一盏罩子灯,玻璃材质的,形如细腰葫芦,灯芯是棉线的,还有一个旋钮,可控制灯的亮度。罩子灯不但明亮,还能防风,也不用担心熏一鼻孔黑烟了。玻璃罩子用久了便会被烟熏黑,须经常用软布擦拭。这项工作一直是父亲的,父亲擦灯罩的动作极其娴熟,用手捏着灯罩上口,放到嘴边哈气,然后将软布缠在右手食指上,伸进罩内,小心地转动着罩子,灯罩在他的手中像变魔术般,很快便焕然一新了。

但与电灯相比,罩子灯还是很原始。电灯的好处是显而易见的,到了晚上,家家户户灯火通明,在电灯下学习,再也不用受烟熏火燎的苦了。跟罩子灯一样,灯泡上一般都会套上一张硬纸,让灯光集中,这大概就是台灯的雏形吧。

而我真正用上台灯,是上初中那年。台灯是父亲从县城买回来的,并且是很高级的那种:一个沉甸甸的底座,两根 12W 的灯管,天蓝色的灯罩,通上电,发出细微的"嗡嗡"声,灯光白炽。底座上有一红一白两个按键,学习累了的时候,我会反复按那两个键,灯光就跟着一亮一灭,在一亮一灭的光亮中,光阴如水般流去了……

前些日子我回老家去。晚饭后,父亲拉了一张椅子,坐在桌前的台灯下辅导我的小侄女写作业。一老一少,头紧紧靠在一起,在灯光的晕染中,竟有一种说不出的温馨……那一瞬,我突然有了莫名的感动。岁月深处的那些灯光,带着久违的温暖气息,依次闪现在眼前:摇曳不定的煤油灯,明亮的罩子灯,吊在头顶的电灯,摆在桌上的台灯……那些灯光,闪闪烁烁的,汇成了一条河流,绵延不绝,连接起过去和未来。

那,是一条爱的河流。

懒语的背后

在我们那儿，"懒语"是话少，木讷，不擅与人交往的意思。这种人一般性格内向，羞怯，有一定程度的社交恐惧症。小时候，我就是一名"懒语"者。

据父母讲，我在四五岁之前，其实是很调皮的，话也多。后来，因为跟一些半大孩子学结巴说话，慢慢也就变得口吃起来，虽然不严重，心里却有了阴影，一说话就打结，一打结就脸红，越急越说不利索。久而久之，我干脆能不张口就坚决不张口了，唯恐被人笑话。

但往往是怕什么来什么。到我七八岁时，父亲就开始让我出去借东西，镢头、镰刀、小推车什么的，或者家中来客时，让我去找陪客的，这些免不了都要跟人面对面打交道，让我头疼极了。单纯借点东西还好说，我硬着头皮也能应付下来，但请客就有麻烦了，尤其是正月里，因为有些人已喝了酒，或者已答应别人了，就得颇费一番口舌。而这正是我所不擅长的，一激动往往口吃得越发厉害，脸红脖子粗的，让人难堪极了。

但父亲似乎并不知道这些，经常头也不抬地说："你去二大爷家借小推车用用。"或者是"快点，去跟你五叔说一声，今晚来家里坐坐……"每次听见父亲这样说，我的头皮就发麻。

每每此时，我的策略是能逃避就逃避，实在不行，就装模作样去走一趟,在人家门口等一会儿,如果等着了,就上去打声招呼,偶尔也能完成任务。但大多时候却是空手而回,讪讪地对父亲说:"我二大爷没在家。"或者"五叔家里挂着锁,"怕父亲不信,再补充一句,"我等了大半天,真没人。"

父亲每次都只淡淡地"嗯"一声,什么也不说,也不知道他是不是真信了我的话。但时间长了,父亲可能也看出了端倪,有时也追问一句:"真不在家?"

"真、真不、在家。"一急,我又口吃起来。父亲盯了我几眼,摆摆手,让我出去了。

后来,初中毕业我考上了师范学校,一天家里请客,父亲说:"去,叫你延山哥来喝酒。"延山是村里的乡村医生,为人忠厚,是父亲从小的玩伴,我们两家关系一直不错。当时我已经16岁了,但还是打怵与人打交道。而延山家是我最不愿去的,"懒语"是一方面,更重要的是他有4个女儿,个个长得如花似玉,我当时见了女生就脸红,话也说不出,这可如何是好?

但父亲发话了,我也不好推辞,就磨磨蹭蹭到了延山家门前,刚想敲门,里面传来女孩子说话的声音,我慌了,忙退了回来。在他家墙外,徘徊了一阵儿,终是没有勇气进去。于是故伎重施,我回家跟父亲说:"他家里没人。"

父亲说:"那就等会儿,你再去一趟,务必把他请来。"

过了一会儿,父亲又打发我去叫。我不情愿地去了他家,见大门敞着,刚进去,一抬头见他家二女儿在院子里洗头,我慌忙退了出来,心想:还是说他不在家吧。谁知一抬头,却见父亲来了,还没等他问话,我就慌不择言地顺口说道:"延山哥,他还、没回来。"

父亲笑眯眯地看了我一眼,看着我身后。我一回头,却见延山正从屋里出来,笑嘻嘻地跟父亲打招呼……我当场愣在那里,脸上瞬间像蒙了块红布,恨不能找条地缝钻进去。

第二天清早,起床后,我发现书桌上有一张纸条,是父亲写的:"儿子,你都16岁了,到了该改变自己的时候了。以前因为你小,我没能及时提醒你,现在你长大了,将来还要当老师,这些道理你应该懂的……"

我举着纸条,有些发呆,原来我以前的那些小把戏,父亲一清二楚啊!而记忆中,这还是头一次父亲留纸条给我。

我反复读着父亲的纸条,一股暖流瞬间涌遍了全身。同时,也有点不明白:父亲为什么要写这张纸条,而不是当面跟我说。

难道,父亲也"懒语"? 真是有其父必有其子啊! 想到这里,我不由得在心里偷偷乐了。

心灵的自留地

在我们那儿,家家户户都有一块菜园。大人们不叫菜园,叫"自留地"。

自我有记忆起,我家的菜园就没换过位置:沿村中一条曲里拐弯的小巷向北去,经过生产队那排老旧的饲养室,继续往北,走过一口长条形的池塘,是一条两旁长满杂草的小路。路西就是一大片规整的菜地,中间阡陌纵横,隔不多远竖一个井架,有的还常年架着辘轳。

菜地外围栽一圈篱笆,用枯枝、荆棘,或干脆栽一行幼小的槐树、榆树苗,长起脆生生的一面墙来,上面爬满了扁豆藤,开粉白或浅紫色的花,状如蝴蝶,细细碎碎的,一阵风起,在阳光下翩翩起舞。但我家菜地的篱笆墙上,长的却是山药。每年春天,几场雨后,菜园里还是一片萧瑟景象,枯朽的篱笆下就钻出一株株嫩嫩的细芽,不知不觉间,就长成了一道绿墙。心形的叶子,绿油油的,不起眼,却独成一道风景。况且还有可食的山药豆,做饭时蒸熟了,剥皮,蘸白糖吃,是美味。

清晨的菜园湿漉漉的,吸一口气,清新得叫人通体舒泰。祖父是村里最勤劳的人,总是天不亮就起床,扛一柄锄头,到菜地里去干活,有时也叫上我。清晨的大地,笼罩在一层淡淡薄雾中,大的小的树木,无论树干还是叶子,都是湿润的。路旁的野草,沾着亮晶晶的露水,掩映其中的野花,红的、粉的、黄的、紫的,楚楚动人。婉转清脆的鸟鸣响在耳旁,却看不到小鸟的影子。祖父一言不发,只默默挥动锄头除草,嘴边升起一团蒙蒙白气,脸上是平和的笑,整个人也像是那些个乡村的清晨,宁静悠远。回家时,祖父的锄头上挑着一捆青菜,用一根青草搓成的草绳捆扎,散发出一股怡人的清香。我跟在祖父身后,手中握着一把刚采摘的野花。朝阳初升,村子上空炊烟袅袅。

但菜地最美的时辰还得数黄昏。夕阳如画,西方的天空美轮美奂,镀了一层橘红光彩的云层,静立不动。那一刻,时间仿佛也停止了流动,周遭的一切在晚霞的映照下,如梦似幻。祖父站在菜地里,拄着锄头,可能是干活累了,想歇一会儿,也可能是被这黄昏的静谧、温馨所感染,站成了菜园里的一幅凝固的风景……地里一片青翠,不过是葱、蒜、油菜、菠菜、茼蒿、土豆、白菜,但一行行一畦畦,整齐划一,夕阳晚照中,别有一番韵致。

那时,我还没上学,已能够帮大人干活了,主要是看水道,就是大人浇菜时,我在另一端看到水满了垄沟,就喊一声……水道两旁长着油绿的草,地头上种着几株叫"假桃花"的花,开淡粉色的花,据说这花可防蔬菜病。地里浇过水的葱、蒜、韭菜,鲜嫩可人,伸手将一把,也不用洗,大把大把塞进嘴里,嚼得满嘴发绿,真是过瘾。

8岁那年我上学了,大人怕耽误我学习,就很少让我到菜园干活了。我也乐得清闲,毕竟"万般皆下品,唯有读书高",大人天天这么说,耳濡目染,我自此便远离了菜园。谁想,到了初二,我迷上了武侠小说,没日没夜地苦读。到后来,又跟一伙顽劣少年到处拜师学艺,扎马步,吊沙包,腿裹沙袋,蹿高跳低,梦想着有朝一日,练就一身绝世武功,游走江湖,行侠仗义……结果可想而知,武功没练成,我的学习成绩却一落千丈。

那年暑假的一天,很少到菜地干活的父亲,突然一反常态地叫上我,说:"走,跟我浇菜去。"父亲当时在学校当老师,一向严厉,让我甚是敬畏。我只得乖乖跟在他身后,父亲扛辘轳,我扛铁锨,去菜园里浇水、除草、翻地、撒种。不几日,这些活计我都做得有模有样了。父亲脸上渐渐有了笑意。休息时,父亲坐在井台上抽烟,我掬一捧透心凉的井水洗脸。我一边甩着手上的水滴,一边看着那一地青翠的菜苗,只见一道道篱笆上,绿叶葳蕤,花香萦绕,甚是赏心悦目。

那段日子,我天天泡在菜园里,早披朝霞,晚沐夕阳,打眼的绿色淹没了外在的喧嚣,在鸟语花香的世界里沉浸,让我整个身心在无形中起了一种神奇的变化。假期将尽的一天傍晚,父亲又坐在井台上,默默地抽着烟,突然没头没脑地说了一句话:"要开学了,该收收心了吧。"父亲看着我,眼中有一种意味深长的光芒。

"哦,我,我知道……"我轻声回答了一句。晚霞映红了西方的天空,周围的一切笼罩在柔和的霞光中,美极了。回家后,我将那些武侠书打捆,塞进了床底,再也没翻过。我开始心无旁骛地投入到学习中,第二年考入了师范学校。

很多年来,我一直记得那个暑假的菜园,记得那些个宁静的早晨和黄昏。对我而言,那是头脑发热时的一针清醒剂,是浮躁人生的一方净土。

那也是我心灵深处,一块永远的"自留地"。

草香悠悠

同 行的陌生人

那年,我 10 岁。正月初六,我和妹妹去大舅家做客。大舅家离我们村有 50 多里路,去的时候坐火车。先步行到村南一个叫"姜家坡"的小站,买票,上车,不一会儿,"呜——"的一声,火车鸣着笛,缓缓开动了。我看着窗外,只见路旁的树木飞快地往后闪去……那是我第一次坐火车,新奇得不得了。

回来时已是正月十五,大舅给我们买上票,并再三嘱咐坐两站就下车。车上人不多,我紧张地盯着窗外,唯恐坐过站。谁知火车到站并没停,一路呼啸着往北去了,当看着村北那座熟悉的铁路桥飞快地被甩在身后,我的心一点一点沉了下去,不由地暗暗叫苦:这可怎么是好呢? 火车将把我们带到什么地方? ……

好在火车很快停了下来,我拉着妹妹下了车。天很冷,风呼啸着在树梢上"呜呜"作响,太阳挂在东南方的天空上,又亮又白。我浑身发冷,想找人打听一下这是什么地方,却张不开口。妹妹显然也很害怕,哭着问我:"哥,这是哪儿呀? 我们怎么回家? "

我安慰了她几句,说:"不太远,我们走着回去吧。"说完,我牵着她的手,往外走去。

刚出站台,我一回头,见一位中年男子,紧跟在我们身后。他穿一件黑大衣,头戴一顶黑棉帽,手里提一个破旧的黑皮革包,满脸络腮胡子。他看着我俩,突然说:"你们是即墨的吧,是不是坐过站了?"他一口"莱西腔",明白无误地告诉我:我们确实被火车拉到了莱西境内。

"这儿离即墨有40多里路呢,你们怎么回去?"他盯着我,一脸关切地问。

看着他那双红红的眼睛,我突然有些害怕。从小大人们就嘱咐,出去一定要长个心眼,别让"背孩子的"背去。"背孩子的"就是拐卖小孩的,我虽然没见过,但听说过。我瞪了他一眼,没说话,拉着妹妹大步走着,想甩开他。谁知,走了一会儿,一回头,他仍旧不紧不慢地跟在后面。

我的心"咯噔"一下,我拉拉妹妹的手,小声说:"快点,快点走。"妹妹也注意到了后面的那个人,小脸煞白,紧紧跟着我。我甚至想好了,如果他真想发坏的话,我就用兜里的小刀狠狠地刺他的脸。我手里握着刀子,一边走一边观察后面的动静。

那个人并没有要撵上我们的意思,慢悠悠地跟在后面,偶尔还会坐在路基上抽袋烟歇会儿,这多少让我的心放松了一些。就这样,走走停停,他始终跟在我们身后。妹妹由于年龄小,累得不行,几次喊走不动了,但我又哄又吓,好歹坚持了下来。

也不知走了多少时间,往南一望,仍旧雾蒙蒙一片。太阳不知啥时躲到了云层后面,天阴了下来,也更冷了。我却出了汗,衣服紧贴在身上,很难受。就在这时,突然听到后面有人叫,回头一看,是那个男人。他连喊了好几声,并撵了上来。

我停下,将妹妹护在身后,握紧了手里的刀子。那男子在离我们五六步远的地方停住了,大声说:"我不能送你们了,你们自己走吧,路上小心些。"说着,他从黑皮包里掏出一张纸,"你能不能帮我个忙,把这个贴到你们村里……"我发现,他的目光中满是疲惫,眼中布满了血丝。

稍一犹豫，我点了点头，接过那张纸。

纸上印着一个小男孩的照片，还有一些字，我没有细看，折了折揣进衣兜里。

他略一思忖，又打开包，从里面拿出半包饼干，说："给，路上吃吧"我警觉地看着他，没接。他知道我对他有疑心，就轻轻将饼干放在路基上，"路上一定要小心啊，我得回家了。"说完，他下了铁路，拐上了一条土路。不远处隐隐有一个村子。

见他走远了，我拿起那半包饼干，摸出一片，余下的全给了妹妹。吃完饼干后，我们继续赶路。有一阵儿，太阳又从云层里露出了头，挂在正南方的头顶，白晃晃的。我知道，已到晌午。算算时间，应该很快就可到家了，我不由得浑身有了力气，拉着妹妹的手，加快了脚步。终于，远远地看见了村北那座铁路桥黑黑的影子，我长出了一口气，一屁股坐在路基上，一点儿力气也没有了，眼中却蒙上了一层雾气。

回到家，妹妹连饭都没吃就爬上炕睡着了。我简单吃了点饭，就眉飞色舞地跟母亲说回家的经过。当母亲听说有一个男人一路跟着我们时，吓了一跳，说："该不是背孩子的吧？他有没有对你们怎么样？"

"没事，他还给了我们半包饼干呢。对了，还有一张纸。"我从兜里摸出那张纸，递给母亲。母亲一看，说："是找孩子的。哦，我想起来了，年前听人说狼埠丢了一个孩子……"母亲抚着胸口，一把将我拉进怀里，摸着我的头，"幸好没事，要不……"说着说着她的眼圈竟红了。

后来，我把那张纸贴在了大队部的墙头上。我看着那个胖乎乎的小男孩的照片，不由得想起那个跟随我们一路的男子，还有那半包饼干，心里升起一种说不出的感触。天色暗下去了，我站在凛冽寒风中，听着村子里此起彼伏的鞭炮声，以及孩子们"咯咯"的笑声，心莫名地缩紧了。

那天是元宵佳节，母亲在家里包好了汤圆，正等着我回家吃呢。

哭泣的草褥子

　　1987年我考上了县里的师范学校。学校离家有六七十里路,按学校的规定,学生平日里一律住校,到月末才可以回家。一个土里土气的乡下少年,从偏僻的农村乍入繁华的县城,自卑怯懦,缩手缩脚的,一开始还真有些无所适从。好在我的调整能力很强,在短暂的迷茫过后,很快便适应了清闲的学校生活。

　　由于能说会唱,作文写得好,开学不久我就被学校团委吸收为宣传委员,分管全校的黑板报和校广播室的编辑工作,同时我还加入了校文学社,校篮球队……我的身边很快聚集起一帮志同道合的朋友,天天呼朋引伴,频频亮相于各种活动现场,意气风发,风光一时无两。这不免让我有些沾沾自喜。

　　很快就进入了严冬。在我们那儿,冬天特别冷,而我们的集体宿舍相当简陋,三间旧瓦房,睡的是铁床,全班20多个男生,分成两排,床挨着床,跟大通铺也差不多。被褥都是自带的,很单薄,天暖和时还觉不出来,但到了零下七八度的晚上,人躺在床上,冻得浑身发抖,久久难以入睡。离家近的同学纷纷回家拿来了草褥子。草褥子的制作很简单,一般用白布缝一个袋子,里面装上新鲜干净的麦穰或玉米皮就可。草褥子垫在棉褥子下面,凉气上不来,越睡越暖和。但我离家远,周末活动安排多,再说当时回家坐车很不方便,一天只有一趟车不说,还挤,拿一床蓬松的草褥子挤来挤去,让同学看见了会笑话的。这样,只能让自己的身子受委屈了,睡觉时裹紧被子,蜷缩着身子,犹自瑟瑟发抖。

记得那是一个周末,吃过晚饭后,我和几位同学在校门口的小卖部前玩耍。寒风中,远远地看着一个人骑着自行车,缓缓而来,由于是上坡,又顶风,他使劲躬着腰,屁股不时离开车座,骑得很是吃力。后座上一个白花花的东西,鼓鼓囊囊的,被风吹得东倒西歪。起初,我对这人并没在意,以为是个普通行人。没想到,当我一边跟同学说笑,一边无意中瞅了一眼时,一下子怔住了:竟然是父亲! 他穿着一件油腻腻的黄棉大衣,戴一顶很旧的黄棉帽,被风吹得歪在一边……乍一看,像极一个收破烂的。那一瞬,我的脸"腾"地红了,心跳骤然加速。我瞅了瞅身旁的几位同学,尤其还有两位漂亮的女生,她俩都是城里的,向来优越感十足,正笑眯眯地看着我。

几乎是下意识地,我突然说:"风太大了,我们到小花坛那儿吧。"说完,我也不管他们的反应,抽身就走,一边偷偷瞟了一眼已到校门口的父亲,见他停好车子,向我离去的方向瞅了几眼,然后向传达室走去。

急匆匆地逃到小花坛那儿,在那棵高大塔松的掩护下,我偷偷向校门口张望,见父亲从车后座上解下草褥子,用手提着,朝我们宿舍方向走去。我的心慌慌的,在小花坛前来回踱步,有心回宿舍看看,但想到宿舍里人多嘴杂,而父亲以如此形象出现,让我颜面何在? ……犹豫再三,我终究没有挪步,却在心里安慰自己:"如果以后父亲问起,就推说不知道他要来。"事实上,我确实也没有捎信让家里给送草褥子来。

很快,就到了晚自习时间,我随着人流慢慢向教学楼走去。路上我也曾想找个理由到宿舍瞅一眼,如果里面人少,不妨跟父亲打个招呼。但一想到父亲那身寒酸的衣着,还是作罢了。

但心里一直忐忑不安。下了第一节晚自习,我一溜烟跑回宿舍,见门没上锁，推开门直奔自己的床铺而去。"哎，你怎么回来了？"黑暗中，一个声音吓了我一跳，一瞅，是我的邻铺。这才想起，他因为感冒没去上自习。

"喝口水。吃饭时菜有点咸。"我装模作样地掏出床铺下的暖瓶，倒水。

"喂，有人给你送草褥子来了。一个老头，进来找你，听说你不在，放下东西就走了。那人，是你……"他瓮声瓮气地说着。

"可能是一个老乡吧。"我的声音很小，努力掩饰着内心的尴尬，脸上热热的。

就着窗外射进来的月光，我看到床铺上有一团白花花的物体，一摸，里面滑滑的，很厚，应该是麦穰。我揭开被褥，将草褥子铺上去，大小正合适。再铺上棉褥、床单，铃声响了，我匆匆跑回教室。

那晚，我也睡上了草褥子。柔软的，散发着新鲜麦穰清香的草褥子，让我不再感到寒冷了。但我却久久难以入睡，月光照在被子上，一片迷离。我闭着眼睛，眼前却一直闪现着父亲佝偻的身影，凛冽寒风中，他骑着一辆破旧的自行车，往返 100 多里路为我送来了草褥子，我却避而不见……

我躺在床上，翻来覆去，一时心乱如麻。草褥子在我的身下，窸窸作响，像是在哭泣。

装病的教训

小时候物资匮乏，生活困窘，零食几乎没有。夏秋时节，原野里尚有野花、野草、野果以及野味，如蚂蚱、蝉、蛇、鸟蛋之属，聊可解馋。但到了冬天，天寒地冻的，一天三顿吃地瓜和玉米面饼子，嘴里可真是淡出个鸟来了，胃里老冒酸水。

但小孩子生病例外。此时，母亲们就仿佛魔术师一般，总会变出一些你意想不到的美食：糖果、饼干、苹果、鸡蛋、红糖水，或者揉一小团面，搓成椭圆状，做饭时放进灶膛里，烤得喷喷香。

而病须得是真病，通常是感冒，小脸烧得通红，浑身发冷，躺在火炕上，捂着被子，只感觉天旋地转、舌头发木、舌苔厚白、嗓子疼痛，不停地咳嗽。当然，症状越多越厉害，效果越好。这时，母亲就会放下手里的活计，不时地爬到炕上，伸手试试你的额头，然后绞一条湿毛巾，敷在上面。如烧还没退下来，就会急火火地找来赤脚医生，量体温，配药，或打一针……等你一觉醒来，一伸手，一个香甜的大苹果可能就会从被子里滚出来。

记忆中，我的母亲最拿手的是煎鸡蛋，在锅底倒一点油，冒烟后，快速打一个鸡蛋，嗞啦作响，用锅铲一翻，盛在碗里香气四溢。但遗憾的是，当时我的身体特别好，轻易不生病，看到年幼体弱的小弟，时不时地病一下，一病立马就有人嘘寒问暖，吃香的喝辣的，羡煞旁人。

俗话说：穷则变，变则通。既然自己生不出病，但可以变出病来吧。于是，大冷的天，我只穿一件薄夹袄，在大街上疯跑，跑出一身汗，将夹袄脱了吹风；洗脸时，捎带着弄湿头发，跑到外面，一会儿头发梢就结了冰……诸如此类的小把戏不胜枚举。不过也真是邪门了，不管我怎么折腾，愣是感冒不了。

忽一日早上起来，接连打了好几个喷嚏，愣怔间，以手拭额，大喜：头有点热，难道说是老天开眼，终于感冒了。于是，急忙躺下，缩着膀子微眯着眼，寻找发烧的感觉。还别说，这么一想，只觉得浑身酸痛，晃晃脑袋，还有点儿晕。

早饭时，母亲叫我起来，我做出一副痛苦表情，软塌塌地说："妈，我头痛，晕得厉害，好像感冒了。"

"感冒了？怎么会，你的身体不是一向好好的吗？"母亲一边说，一边过来试试我的额头，"不热啊，不会是装的吧？"母亲板起脸。

"真的不舒服，肚子还有点疼。"我用手按着小腹，龇牙咧嘴，说。

"你这孩子，就知道添乱。忍一会儿，吃完饭我找你三爷爷拿点药。"三爷爷年纪并不大，只是辈分高，是村里的赤脚医生。

炕头烧得很热，我躺在被子里，故意捂得严严实实，身上汗津津的，小脸红红的，努力做出发烧的样子。饭后母亲出去了，不多一会儿，门帘一挑，母亲回来了，随着寒风进来的还有三爷爷，背着药箱子，笑眯眯的。我却不由得打了个寒战。

"怎么了？哪儿不舒服？"三爷爷坐在炕沿上，打开药箱，拿出体温表，用力甩了几下，"来，夹好。"他搓搓手，将体温表塞到我的腋下。

我的心忐忑不安。从小我就怕打针，那么长的针头，生生往肉里扎，想想就头皮发麻。

"不烧啊。"过了一会儿，三爷爷看着体温表说。"他说肚子疼。"

母亲在旁边补充了一句。三爷爷掀开被子,手放在我的小腹上,用力按着:"这儿疼不疼?"

"疼。"我挺起肚子,是真疼。"这儿呢?"三爷爷又按。"疼!"我吸着气,回答说。

"看来像肠胃性感冒,这阵子这毛病不少。"三爷爷说着,打开了药箱,"打支小针吧。"说着,拿出针管,按上针头,从药箱一侧拿出两支药水,"啪,啪"打开,吸进针管。

"不,我,我,我不打针……"我当场就喊了起来,将头缩进被子里。

"没事,一点也不疼。"母亲按住我双手,三爷爷用药棉擦着我的屁股,我杀猪般嚎叫起来。可这事由不得我,我刚喊了几声,只觉屁股上一阵刺疼,针头扎了进去,慢慢往里推药水。我当即哇哇大哭起来……

打针的那种疼,可真是刻骨铭心。以至于很多年后,一看到别人打针,我仍会打一个寒战。更让我心寒的是,那次打完针,母亲就出去了,把我一个人扔在家里,不用说糖果、鸡蛋了,连杯热水都没有。真是命苦啊!

那年我 7 岁。从此,我再也没有,也不敢装病了。

美丽在时光深处的炉火

记得上小学时,班里每年冬天都生炉子,在教室前面的墙角有用砖头砌的煤池。分煤时,操场上人欢马叫,班主任亲自指挥,用柳条筐将分好的煤抬到各自教室。

　　煤是散煤，煤块很少，又细碎，这就增加了生炉子的难度。生炉子时，男生排出值日表，每天两人，有时得自带柴草。当时我家住村西，学校在村东，我和住村北的阿强一组，轮到我俩生炉子时，须天不亮就起来，一般是阿强来叫我，因为他家有一只闹钟。睡梦中，只要听到后窗上"咚咚"几下，我就知道是阿强在叫我了。使劲睁开惺忪的睡眼，摸黑穿好衣服，我蹑手蹑脚打开门，拎起放在门后的一袋木片，立时，一股寒风扑面而来，不由打了一个寒战。裹紧身上的棉衣，我和阿强一路小跑着往学校去，一来是因为天冷，跑起来会暖和些，二来也是时间紧，生好炉子还要赶紧回家吃饭。

　　到了学校，我们一般不走大门，因为此时看门老人还在睡梦中，叫门也是白搭。我们径直来到学校西北角，踩着墙外的一堆砖头，手搭上墙头，一用力攀了上去，然后抱住墙里侧一棵碗口粗的榆树，"噌噌"几下溜下去。到了里面，再顺手在墙角划拉几把枯树叶，是引火用的。到教室门前，我掏出钥匙打开门，里面黑咕隆咚的，借着微弱的晨光，摸索着到炉子前，将煤灰清理出来，然后放进枯树叶、废纸屑，再松散地将木片放上去，阿强点燃火柴，点着一张纸，放到炉底，很快就有烟冒出，烟越来越浓，"呼"的一声火苗蹿上来了，橘红色的火焰，徐徐升腾着，仿佛跳动在我们的心里，在严寒的冬日清晨特别温暖、美丽。看看木头着得差不多了，将铁簸箕里事先拣好的煤块放入，盖上炉盖。待将煤灰打扫出去，天已亮，炉子也燃旺了，发出呼呼的声音。我们将手拢上去，烤着火，想到同学们一到学校就可享受到火炉子的温暖，心里也暖融融的。

　　那一整天，炉子就归我和阿强管，同学们戏称"炉官"。一卜课，先打开炉盖，填上煤，调理好炉子，保证一天都烧得旺旺的。放学后，因炉子里还有余火，就任其自行熄灭，关上门走人。

　　记得当时，所有的男生都很期待生炉子的日子，如果那天炉子争气，燃得很旺的话，就更是神气。下课后手里拿着炉钩子，老练地捅捅这儿,敲敲那儿,周边围着一圈人,嬉戏打闹,其乐融融,那种场面是很温馨的⋯⋯

之所以想起这些,是因为前不久去一所小学,课间操时间,我见一个教室里烟雾弥漫,忙过去一看,原来是这个班的炉子熄灭了,一位很年轻的女老师正在生炉子,点了好几次,光冒烟,火就是上不来。周围全是看热闹的学生,在七嘴八舌出着主意。我看了看,顺手要过女老师手中的炉钩子,将炉膛里压得紧紧的木头片掏出来,点燃引火的旧报纸,再放上几片很薄的木头片,火呼地就起来了,接着慢慢往里放木块,火焰吐着红色的舌头,徐徐上升。看看差不多了,填上煤,因为是易燃的蒙古煤块,很快就着了,"呼呼"作响。盖好炉盖,我将炉钩子放下,拍拍手,说:"好了。"

"哇,老师,你太厉害了。"几个高高大大的男生看着我,齐声惊呼。我一笑,什么也没说,走出教室。

我真是不明白,现在的孩子,怎么连个炉子也生不了呢? 我看着手上粘的煤灰,惟有一声叹息。

岁月如歌

过去的岁月总是令人充满了怀念。无论过去是辉煌还是黯淡,一经岁月的发酵,就总是会闪耀出饱满而隽永的光芒。在一个人的心路历程中,岁月如歌,那跌宕的旋律总时时如风一样掠过生命的枝头。

一个暮春的晚上,我在学校教学楼三楼的团委办公室里,编辑第二天早上的广播稿。那是一间面北的房间,不大,窗子打开着,随风飘进来一些淡淡的花香。那是一种有些暧昧的气息,让我的心陡生出一些发空的感觉。编完稿子,我顺手拿起桌旁的一本《辽宁青年》浏览起来。就在这时,封二上的一首歌突地跳入眼帘,歌的名字叫《再回首》。在此之前,曾在一个偶尔的场合听过这首歌,记得当时一下子就被歌中传达出的那份伤感、凄婉、抒情的情调深深感动了。虽然我不知道歌中唱的是什么,但我的心却分明被一种神秘的力量攥住了,以至于过了好多天都难以忘怀。

明亮的灯光下,我激动地把那首歌完整地抄在日记本上,反复玩味着,不知不觉间,竟能够把歌大致唱下来了。有一阵子,我站在窗前,望着外面的万家灯火,浓浓的夜色里,时而有一辆汽车在马路上飞驰而过,打破了夜的静谧。夜雾如一群淡蓝色的精灵,在远处弥漫。夜凉如水,恍惚中,一直有一首歌在耳边回荡,如梦如幻,"曾经在幽幽暗暗反反复复中追问,才知道平平淡淡从从容容才是真……"歌声沉郁、苍凉,饱含着一种难以言传的人生体会,丝丝缕缕缠绕了我。一时间,心潮起伏,眼中竟不知不觉噙满了泪水。

那真是一个令人难忘的细节。我一直认为,人的一生中,这样的时刻是可遇而不可求的。这是一种极纯粹的生命状态,有些迷茫又有些甜蜜。这种感觉细微、具体而又莫可名状,有一种强大的穿透力。

一晃,十年过去了,回望来路,恍然如昨。这十年来,随着年龄的增长,对许多事物渐渐有了另一层认识,不再多愁善感,也不再好高骛远;少了几分轻狂和稚嫩,而多了几分成熟和理性。当年那本抄有《再回首》的日记本早不知丢到哪里去了,就像生命中曾经的悲欢早已随风而逝了……但我仍一如既往地喜欢那首老歌,喜欢隐藏在歌声背后的那种沧桑阅尽的澄澈、平和与淡泊,那该是生命的一种清醒和彻悟吧:平平淡淡

从从容容才是真。不是吗?

现在,我已不再年轻。远去的那首老歌,也早已成为了生命中的绝唱。再回首,总会有种别样的情愫涌上心头。这些年来,在生活当中,有过成功的喜悦,也有过失意和挫折;曾得到过真诚的友情,也尝到过世态炎凉,人心叵测……但无论怎样的日子里,也无论怎样的境遇,我都恒久地相信,对于生命来说,最重要的是拥有一颗平常心,要永远微笑着面对生活。

从这个角度讲,如歌的岁月中,那首老歌对我的意义是不言而喻的。因为失去,而尤觉珍贵;因为拥有,而加倍珍惜。

草香悠悠

在家乡的原野上,到处都是生命力旺盛的野草。而拾草和割草是当年我们最主要的功课,伴随着我们走过了一个个难忘的日子。那些日子,因为草香的浸润而流光溢彩,在生命中留下永久的回忆。

春的到来往往是毫无征兆的。一场润如酥的小雨过后,原先一片萧瑟的草地就萌发出一股看不见的生机。阳光煦暖,微风轻拂,吹面不寒。此时,在向阳的沟边,枯黄的草丛里,便挺立起一根根尖尖的茅针,茅针顶端暗红色,捏住尖头轻轻一拔,就从根部分离开,剥开外面的皮,里面是白色的绒毛一样的嫩穗,放进口里一嚼,清香爽口。我们管这种茅针叫"茶叶包",装在小小的口袋里,鼓鼓囊囊的,那股青涩味儿会保留很久。如果白天吃多了茶叶包,晚上做梦都是那种清新的草香味儿呢。

接着再下几场雨,气温升高,草就"嗖嗖"地蹿了起来。用不了多久,大地就被大片的绿色淹没了,各种野花也点缀其间,漂亮极了。这时,就可以割草了。手握一把磨得雪亮的镰刀,胳膊挎一个柳条筐,到河边、沟渠边,拣那些肥嫩的草,用手握住,镰刀刃口稍一靠近,草就从根部断开了,一把把放在地上,很快就割了一大片。累了,直起腰来喘口气,将镰刀插在地上,一看手掌,已被染成绿色了,还有一股浓浓的青涩味儿。

割草能一直延续到秋天,那时的原野里仿佛有割不完的草,随便挎一只筐子出去,很快就能割回一筐,回家喂羊、喂牛。这是牛羊们最幸福的时刻,有充足的草料,一只只养得膘肥体壮。当然,割草的孩子们也是快乐的,草丛间蚂蚱乱飞,青蛙乱蹦,偶尔还会遇到一条快速游走的蛇……草地上野花遍地是,割草时往往会夹杂着割下的野花,芳香扑鼻。

大人们因为要干农活,只能大清早去割草。我小时候经常跟着祖父去割草,印象深刻。祖父常去的地方是村北的小河边,我记得有一种叫"芦叶"的草,是祖父的最爱。这种草不是我们常说的芦苇,它长不高,叶片肥厚,颜色深绿,一般长在水边。太阳还没露头,不远处的河面上冒着水汽。我站在岸上,看祖父到河边割芦叶,脚半陷在湿泥里,鞋子、衣袖很快被露水打湿,但祖父似乎没有觉察,动作娴熟地挥动着镰刀,很快就割倒一大片。我站在一边,冷得抖成一团,这时,突然听到"哗啦"一声,祖父手中的镰刀扎向水中,随着白光一闪,镰刀上竟然扎着一条巴掌长的鲫鱼,还在使劲挣扎……回家时,我跟在祖父后面,手中提着那条用柳条穿着的鱼,觉得真是太神奇了。

秋收完毕,几阵萧萧秋风起,吹凋了满树绿叶,吹黄了离离荒草。从这时开始,一直到大雪降落前,野外到处都是拾草的人。拾草的工具很简单:一个草篓,一张小铁筢或竹筢,草篓的把上有一个绳扣,可以用筢子挑着,小孩子大都在草篓的侧面系两根扁平的背带,便于拾草归来背草篓回家。无论铁箔或竹箔大都从供销社买来,自己配上木柄。相对来说,竹箔要便宜一些,因此用得最多,但这种箔子有一种缺点,在水中浸泡后箔齿会变直,用的时候要相当仔细。

大人们拾草也大都在早上,天蒙蒙亮出去,早饭前回来。而小孩子此时还在炕上睡觉,听到门闩"吧嗒"一声响,拾草人回来了,嘴里哈出的热气白白的,头发上沾了一层草屑,裤腿被露水打湿,沾了一层土,脏兮兮的。但小孩子拾草就没这么辛苦,对我们来说,拾草本身就是游戏的一部分。早饭后,薄雾散尽,太阳升得很高了,我们才呼朋引伴地背着草篓出去,一路上说笑打闹着,很快就到了目的地。

这是一片荒草滩,草已干枯泛白,踩上去软绵绵的,不远处的河沟里水很浅,结了一层薄冰,偶尔一只小鸟低低地从空中掠过,在寂寥的天空中显得有些凄清。搂这种草得用铁箔,握着长木柄,在草地上用力拉,那些枯草就自动挤在铁箔的箔齿上,满了,将铁箔反过来,在地上一抹,草就完整地脱落在地,接着拉下一箔。这样搂的草新鲜、结实、干净,不像大人们专门划拉那些枯树枝、烂树叶,弄得灰头土脸的。那时孩子搂草一般没有具体指标,不过是结伴去野外消磨时间而已。所以,傍晚回家时,每个人将搂来的草归整好,看见谁的草篓没满,还会慷慨地匀给他一些。那些草握在手中,滑滑的,色泽金黄,散发着一股好闻的清香,从背上的草篓中飘出,一路追随……

多少年过去了,那些悠悠草香仿佛一直不曾远离,时不时地就从记忆的深处浮现出来,让人想起童年,想起那些单纯、美好的日子。那悠悠草香,有一种岁月沉淀下来的醇厚和绵长,持久、悠远,像儿时母亲的呼唤,一直飘荡在古朴村庄的上空。

伫立在童年的篱笆

在我的记忆中,乡村篱笆是童年的一道风景线,尽管它是简陋的,甚至是朽败不堪的,大多最终成为柴薪,化为了一缕炊烟。但那一道道造型各异的篱笆,却始终让我难以忘怀。

那时的村子里,房子以土坯墙居多,门楼虽然低矮简陋,但好歹也有两扇木门。而那些不住人的老屋,或荒园,却大都以篱笆门代替。这样的门一般用荆棘条编织而成,有一个木棍做的框架,斜着用带刺的荆棘条密密地织成,又结实又美观。老屋大都年久失修,苔痕斑驳,院子里面杂草丛生,往往还会有一棵枣树或杏树什么的。平日我们是不会对这些老房子产生兴趣的,但在果树开花时和挂果后就另当别论了。嘴馋的孩子大都顽劣,爬墙、上屋如履平地,更不用说一道矮矮的篱笆门了。这样的篱笆虽具有了门的形状,但起不到门的作用,只挡君子不挡小人。小孩子是名正言顺的"小人"儿,当然可以自由出入了。

最壮观的篱笆出现在菜园里。菜园子卝在自留地里,面积不大,担心牛羊啃食菜苗,也要防人顺手牵羊,就围上了密密的篱笆。篱笆的材质各异,秫秸、树枝、荆棘,还有的种一圈小树苗,一般是槐树或榆树,成活后密密实实的,又可一劳永逸,免得年年都得费神费力。而无论是什么材质的篱笆,清一色爬满了绿绿的藤蔓,丝瓜、苦瓜、扁豆、菜豆什么的,一挂挂绿色的瀑布中开满了红的、黄的、紫的、白的小花,像调皮的星星一闪一闪地眨着眼睛。篱笆里面是一个绿色的世界,葱、蒜、韭菜、油菜、茼蒿、土豆、大白菜,五花八门,菜苗吸足了水分,嫩生生的,看着就叫人心生欢喜。每块菜园都有一口水井,架着辘轳,一根长长的井绳垂进井里,一把铁锹插在一旁,长长的水道两边长满青草,间或点缀一丛兰草,淡紫色的小花暗香袭人……由于各家的菜园相连,篱笆也连成了片,远远望去,蔚为壮观。那是乡村里内容最为丰富的篱笆,它们连接着各家各户的餐桌,滋润着清贫却幸福的农家生活。

而在我们村,最美丽的篱笆要数西工区的那道木篱笆了。我们村西几十米就是青烟铁路,铁路部门在那儿设了一个管区,我们叫西工区,一排十几间青砖瓦房,没有围墙。铁道边有一道很深的沟,铁路和工区间有一座木桥相连,3根并排的枕木作桥面,桥下常年流水,水很清,有鱼。工区周围有很多粗大的柳树,夏天,上面的蝉一只接一只排成了长队,我们经常到那儿捕蝉。一道篱笆将整个工区围了起来,是规格一样的松木板,两两相交搭出好看的图案,有1米多高,刷白色油漆。这样的一道篱笆是乡村里的异类,自然吸引了我们的目光。我们经常有事没事就去走上一遭,看看里面栽种的花,菊花、月季、海棠、满天星,还有向日葵,仰着金黄的花盘,上面的露珠盈盈欲坠……当然,最吸引我们的还是篱笆里面的人,那里住着铁路工人老邢一家,有他慈眉善目的妻子,一双如花似玉的女儿,一个腼腆清秀的儿子,甚至他们在大柳树底下吃饭的情景,都给我们留下了无限的遐想空间……一道篱笆,隔开的不是空间距离,而是两个不同的世界。

乡村篱笆从来就是简陋的,它是实用的而不是用来观赏的。然而,在每一个业已长大的乡村少年心中,那些篱笆却以一种温柔和沉静的力量,记录着一个人的心灵成长史,传递着远去的童年时光的温情——金黄的阳光,静默的草垛,清清的池塘,参天的大树,古旧的老屋,树荫下打盹的狗……还有,那一道道高矮不一的篱笆,一只大眼睛蜻蜓栖息在上面,红褐色的长长身子,一对薄而透明的翅膀,一动不动。一个赤足小孩儿,蹑手蹑脚地走过去,屏住气伸出小手,慢慢靠近了,快速出手一捏……但见蜻蜓翅膀一晃,倏地飞走了,翅膀扇动空气的声音,有一种金属的质感。

而童年,就像那只飞走的蜻蜓吧,挥一挥翅膀,不带走一片云彩。

老鹰,老鹰

记忆中的深秋,天高气爽。偶一抬头,便看见天上一个黑点,缓缓地移动着,或者一动不动地静止在半空,像一副素雅的剪纸画——是老鹰。

孩子们手搭凉棚,追随着老鹰的影子,一边拍手喊着:"老鹰,老鹰,你转转,给你本书你念念。"一边喊一边快活地在地上打滚。不知为什么,由老鹰我却莫名地想到了"兔子蹬鹰"的故事,甚至那么渴望能一睹老鹰扑兔的壮观场面,可惜一直未能如愿。

记得那是一个深秋,秋收已接近尾声,只有一些玉米秸秆还挺立在地里。种下的小麦已露出了纤细的芽,黄绿色,一副弱不禁风的样子。菜园里的白菜已绿油油的一片了。此时,是吊野兔的好时机。

吊野兔的方法很简单:用一根细钢丝结一个可拉伸的活扣,拴在一根削尖的木棍上,木棍固定在地上。将钢丝扣架成一个圈,圈的下沿离地五六厘米高，放在野兔出没的小路上。下扣的地点有讲究，须选在兔子常走的路上。这是一项技术活，得心细的人才能胜任。有经验的吊兔人认识"兔子道"，一眼就可看出兔子常从哪儿经过。因为兔子一般不走第二条路，这个特性被人利用，往往就成为人们的战利品。吊兔子大都是晚上去下扣，清早起扣。因为白天兔子很少出来活动，到了夜间才出来觅食。

但那天却是个例外。快晌午了，我们一群孩子在一条沟边挖野菜，不知是谁一抬头，就看见一只老鹰在天上盘旋，因为司空见惯，我们并没有太多惊奇，仍旧不紧不慢地挖着野菜，也无人念"老鹰老鹰你转转"的童谣。但那天谁都没有注意到，天空中的老鹰却与往日不同，它的飞行高度在慢慢降低，并且盘旋的幅度也比以往大。最先发现这一变化的是一个叫民主的孩子，当时他正站在沟边撒尿，突然一声惊呼："看，你们快看！"

我们几个一抬头，也吓了一跳：刚才还在高空中盘旋的老鹰像一团黑色的影子，正高速往下俯冲，它的翅膀有力地扇动着，一双利爪张开，甚至能看清它锐利眼神里的杀气……顺着老鹰扑下来的方向一看，在不远处的一块白菜地边，一只野兔被钢丝扣吊住了，正在使劲扑棱着。野兔白天一般不出来活动，而这只倒霉的兔子恐怕是无意中被天上的老鹰发现了，一直跟踪着，兔子慌不择路，想逃到白菜地里躲避，却没想到地上还下着钢丝扣。这时，只见老鹰以闪电般的速度俯冲下来，利爪一探，抓住了兔子的脑袋，顺势扇动翅膀想升空，却没想到兔子被钢丝套着，钢丝又连在木棍上，老鹰在空中绕着圈子，却飞不高。

我们当中民主年龄最大，一愣之后，他突然挥动着手中的铁铲扑了过去，看样子是想渔翁得利，鹰兔俱获。老鹰情急之下，用力一挥翅膀，原本就已经松动的木棍被拔了出来，老鹰像被弹射出去一样，在空中打了一个趔趄，随即拍翅飞走了，随同那根连着钢丝的木棍，晃晃悠悠地，很快便消失在了远方的天空。

我们几个在旁边看得目瞪口呆。老鹰飞走了，我们才跑过去，看着地里那根木棍留下的坑，觉得像在做梦。

那是我第一次近距离地见到一只鹰，看到老鹰捉兔的惊险场面，况且那还是一只被钢丝扣套住的兔子。老鹰会怎样处理那根木棍呢？老鹰的窝安在哪儿呢？……这些疑问直到现在还时常在我的脑海中盘旋。

只是，不见老鹰好多年了。哦，老鹰，老鹰……

悠悠扁担入梦里

已经有很多年不挑水了。

一根扁长的槐木或桑木扁担，两头有铁钩，钩上挂水桶。倘若遇上旱天水位下降，手里还得拎一根绳子。挑水的时间大都在清晨或黄昏时分。尤其是大清早，大多人还在睡梦中，鸡已经叫过几遍了，大街上笼着一层轻烟般的薄雾，只听门"吧嗒"一声开了，街上弥漫的雾气立时涌了过来，让人禁不住打一个寒战。很快，左邻右舍也相继打开门，空水桶"吱呀吱呀"地响着，在静谧的清晨，汇成了一首动听的歌。过不了多久，家家户户的烟囱里就升出炊烟。新的一天开始了。

傍晚，是又一个挑水的高峰期。大人们下地回来，在家门口的大石头上坐着抽一袋烟，然后，搓搓手上的泥巴，顺手抄起门后的扁担，用扁担钩钩住两只水桶，"吱呀吱呀"地出了门，双手却并在扁担上，兀自掏出烟荷包，卷一支旱烟叼在嘴上，摸出火柴，"哧拉"一声点上火，深吸一口，一股白烟从鼻孔中喷出。而扁担就像生了根一样，在他的肩头上一动不动。吃水的井在村北，有光滑的石井栏，井口很宽，可容两三个人同时取水。取水时，用扁担钩钩起水桶，放到井里，在水面上摆动几下，接着用力一扣，只听"扑通"一声，水桶倒扣着没入水中，顺势一提扁担，水桶露出水面，接着左右手交替用力往上提，到井口了，以左小臂内侧做支点，右手压住扁担一用力，满满的一桶水上来了。接着，如法炮制再打满另一桶。往回走的时候，大人们的嘴里不知什么时候又叼上了一支烟，扁担在肩上一上一下地颤动，水桶也跟着一上一下地晃悠着，在身后留下一道水迹。大人们终归是力气大，挑着一担水跟玩儿似的，有时候走着走着，突然那水桶便飞转起来，一眨眼的工夫，扁担就从右肩换到了左肩上，让人看得眼花缭乱。

但小孩子是没有这等神奇工夫的。挑水的人群中，也经常夹杂有少年人的身影，他们不是家中无壮劳力的，就是榜样示范的牺牲品。我属于后者。在我十一二岁时，祖父经常在我面前夸某某家的孩子，还没有我高就能挑水，真懂事。架不住祖父三番五次地说，有一天，我偷偷挑着扁担出了门，因个矮，扁担钩得折叠起来，才不致使水桶触地。不料，第一次打水就脱了钩，水桶半浮在水面，让我的心一下子提到了嗓子眼。多亏有来挑水的大人，帮着将水桶钩了上来。于是，一桶水分做两桶，双手笨拙地扶着扁担，脚步蹒跚，一步三摇地将水挑到家。虽然肩头压得通红，但心里的喜悦却是满满的。更重要的是，从那以后，因为能挑水，我也很快成了大人们眼中的好孩子。

挑水的人中，给我印象最深的却是村东的一位疯婆婆。那时，她有50岁左右吧，体形娇小，披散着长发，面无表情地挑着满满一担水，低头走着。黄昏时分，斜阳残照，风止了，喧闹了一天的村庄沉寂下来，暮归的老牛缓缓走在回栏的路上。闹腾了一天的孩子们也安静了,却并不回家,守在村口的大道上,手里抓一把土。远远地看着疯婆婆吃力地挑着水过来了,跑过去将土投进她的桶里,嬉笑着跑开。疯婆婆一愣,停下,却并不言语,顺手将桶里的水倒掉,回去再挑。结果,又被投进一把土,她就再回去挑。直到孩子们玩够了,才放她走……那群顽劣的孩子当中就有我。有时想起,总是愧疚不已。

如今,已有很多年不挑水了。那些颤颤悠悠的扁担,那些淋淋漓漓的水迹,那些静谧的清晨和黄昏,以及所有风轻云淡的日子,虽已成为了过去,却叫人终生难忘。

会飞的石头

暑假,回老家小住了几日。那段日子,因为工作调整,我到了一处极其偏远的乡镇,离家远不说,工作岗位也不如意,让我郁闷极了。

在老家也无所事事,我便整天在外面闲逛。一次,信步来到村北的小河边,几年不见,原先满目疮痍的小河大变样儿:河堤重新用石头砌筑,沿坡栽上了行行整齐的灌木,河中建了蓄水坝,清清的河水一眼可看到底,时有一群小鱼游来游去,闲适自得。有几名垂钓的老者,头戴斗笠,一动不动地盯着水面,那种超然物外的姿态,在这燥热的夏日,犹如一阵清凉的风,拂过我浮躁的心田。

我找了一块石头坐下。蝉声在耳边时断时续地响着,各种颜色的野花在茵茵草地间闪烁,几头老黄牛,一群白羊,在河对岸的草地上低头吃草,三五成群的半大小子在河中戏水……我看着眼前的这一切,一时恍然若梦。人是不可能回到过去的,那无忧无虑的童年,古朴温馨的乡村,都只能在梦中重温了。

就在这时,我突然听到一阵喝彩声,循声望去,刚才在河里游泳的少年都上了岸,围着一位中年男人。仔细一看,那个男人在打水漂,但见清澈的水面上,一块旋转前行的石片,"噗、噗、噗……"不停地跳跃着,漾起一圈一圈的涟漪,"7,8……13,哇!"岸边的孩子们一边数着,一边发出阵阵惊呼。

那块石片差不多到了河中心,才无声地沉进水底。看来,那人的确是一个打水漂的高手。想当年,我也打得一手好水漂,我记得我当时的记录是16个,一时鲜有敌手,曾让我得意了很多年。

想不到,时隔多年,竟还有人在玩这种游戏。我不由来了兴趣,站起身走了过去。谁知,第一眼看到的竟然是一只残缺的右臂,我一愣,认出来了,是小时候的伙伴大军。大军当年是我们中最调皮的,上树下井,爬屋钻洞,没有他去不了的地方。后来因为爬高压线杆,被高压电击中,右臂截肢。前些年我听母亲提过,大军多年没说上媳妇,后来娶了一位离异的妇女,为他生了一对双胞胎女儿。母亲说,大军真是好样的,孩子要什么买什么,没见过像他那样惯孩子的。

在人群中,我果然看到了两个小姑娘,五六岁的模样,穿一样的纱裙,头上是粉色的蝴蝶结,正拍着手,为她们父亲打的水漂叫好。大军也看到了我,由于很多年没见了,他有点羞怯,笑着说:"回来了,放暑假了吧?"他一笑,脸上的皱纹更深了。毕竟40岁出头,不复年轻时的风采了。

"没想到,你打的水漂还这么好。"我笑着跟他打招呼。

"哪里,跟你比差远了,小时候我打不了几个的。"他的左手捏着一块扁平的石片,指着小女孩说,"都是这两个小家伙,从小就爱看我打水漂,天天缠着我。没办法,谁让孩子喜欢呢。"他笑着,满眼的慈爱,说着话,顺手打出了手中的石片,石片在水面上跳跃着,蹦跳着,像个调皮的孩子。

我看着飘飞的石片,不由得一时手痒,顺手从地上捡起一块扁平的石头,弓腿、弯腰,随手一扔,石片斜斜地削向水面,"噗,噗,噗……"一个个水圈荡漾开来,差不多过了河中心。

"哇,叔叔,你可真厉害,这么多圈圈。"其中的一个小女孩嘴巴张得大大的,拍手喊着,"快看,快看,石头长了翅膀,在飞呢!"我的心一动。

是啊,石头会飞,只要拥有一颗热爱生活的心,只要心中有爱!我又捡起一块石头,想到家中年迈的父母,想到可爱的女儿上完了辅导班,明天就要和妻子一块儿来跟我会合了,一家人和和美美,共享天伦之乐。人生如此,夫复何求?

"飞吧,石头,没有什么可以阻挡你飞翔的梦想和快乐。"我用全力打出了手中的石头,抬起头,天空上白云朵朵,阳光明媚。

青 青时光有憾事

童年并不尽是美好的,年少无知的时候,我们也曾犯过很多错,伤害过很多无辜的小生命。

记忆中的夏天,一场豪雨过后,池塘、沟渠里的水满了,地面湿漉漉的,阳光无遮拦地倾泻而下,一群群蜻蜓在空中飞舞。此时,村外传来一阵阵蛙鸣,铺天盖地,吵得人心烦。对于我们这班孩子来说,捕捉青蛙的最佳时机到了。我们捉青蛙非为口腹之欲,纯是一种娱乐。选一根粗铁丝,用锤子将一头砸扁,然后在磨石上磨出尖头,绑在一根细木棍上,制成一把标枪。来到村外的水井边,刚下过雨,水位离井口不过两三米,几乎每口井里都有青蛙,它们有的浮在水面上,有的蹲伏在枯树枝上,瞪着一双鼓鼓的大眼睛,望着巴掌大的一片天。我们蹑手蹑脚地走到井口,将标枪对准目标,一枪扎下去,一只大青蛙就伸开四腿一命呜呼了。

但这种方法未免有些小儿科,因为井中的青蛙活动余地小,等于是活靶子,显不出手段,到开阔的池塘中则另当别论了。雨后,地面上的水坑映着亮晃晃的阳光,蝉在鸣,青蛙在叫,雨后的村庄像一锅沸腾的开水,充溢着夏日特有的喧闹。我们扛着标枪来到池塘边,只见浑浊的水面上,倒伏的水草间,一只只青蛙头露在水面上,叫得正欢。我们将裤腿一挽,下到水中,屏住气将标枪贴在水面上,对准目标快速出手,"噗"的一声,一只青蛙便穿在枪头上,倘若运气好,一枪可穿透两只。扎到的青蛙随手扔到岸边,再去扎下一只。曝晒在阳光下的死青蛙很快便发黑了,上面叮一层黑黑的苍蝇,看着让人恶心。

看蚂蚁觅食、搬家也是我们常玩的游戏。夏日,天气闷热,一丝风也没有,狗伸着舌头蹲伏在树荫下。在外面疯玩了大半天的我们累了,每人回家拿半个玉米面饼子,蹲在门前的老槐树下,大口大口地吃着。吃完后,拍拍手刚要走,却见地上不知什么时候来了一群蚂蚁,正在忙着搬运掉在地上的饭粒。几个人来了兴趣,头凑到一块儿,看它们往哪儿搬。有调皮的拿起一根树枝,在它们前行的路上划出一道深沟,或者捧一捧土,设置一道围墙,看它们搬着食物头重脚轻地艰难行进。最有趣的还是雨前看蚂蚁搬家,有时候玩着玩着,就有人喊叫一声,只见一队黑压压的蚂蚁,排着长队,衔着食物、蚁卵,浩浩荡荡地前进。有人从口袋里掏出一颗樟脑球,在蚁群前行的路上画一道线,再画一个圈将它们围起来,然后,看蚂蚁们失去队形,晕头转向的样子,拍着手笑。更有甚者,玩腻了,抬起脚来在地上只轻轻一拖,立马出现一片蚂蚁的尸体。如果找到了蚂蚁的窝,除了用樟脑丸画圈外,常用的方法是用水淹,看着水慢慢浸满蚁窝,再撒一泡热尿,然后堵上一块石子……在人类面前,哪怕是拖着鼻涕的小孩子,蚂蚁们都显得太渺小了。

夏日的天空中,常见的还有蜻蜓。雨后,金黄色的阳光洒落下来,空气清新湿润,一只只蜻蜓像一架架小飞机,在空中翩翩起舞,修长的身体,一对鼓鼓的大眼睛,薄而透明的翅膀,总是吸引着孩子们的目光。捕蜻蜓是一件很容易的事,举一柄长长的扫帚,追着蜻蜓跑,看准了一扑,十有八九会成功。还有一种方法,就是用面筋或缠在扫帚枝上的蜘蛛网,去粘那些栖息在树枝、篱笆上的蜻蜓,也很管用。捉到的蜻蜓捏在手里,犹在扑棱着翅膀,要挣脱而去。但蜻蜓不像蝉,可以烧着吃,我们捉它也纯粹是为了取乐,通常的做法是掐去它的尾巴,然后插上一截麦秸草,往空中一掷,它们便仍旧翩然飞去,很快与其他的蜻蜓混在一起了。只是,我们似乎从来没有去想,它们的结局会是怎样?

现在想起来,在少不更事的时候,有多少无辜的小生灵,就这样丧生在我们的手中呢? 青蛙、蚂蚁、蜻蜓、蝉、蛇、鱼、小鸟、甲虫、蚂蚱……虽说大都是无心之过,有些还在“害虫”之列,但手段未免残忍了些。

而如今,想要再犯这样幼稚的错误也不能了。田间地头,到处在喷洒农药,池塘干涸了,树林消失了,街道硬化了,孩子变得娇贵了,连“犯错”的机会也没有了。

如此想来,这到底是幸还是不幸呢? !